KB123949

사령왕 카르나크

사령왕 카르나크 5

2023년 10월 16일 초판 1쇄 인쇄
2023년 10월 19일 초판 1쇄 발행

지은이 임경배
발행인 강준규

기획 이기헌 왕소현 임동관 박경무 강민구 조익현
책임편집 백승미
마케팅지원 이원선

발행처 (주)로크미디어
출판등록 2003년 3월 24일
주소 서울시 마포구 마포대로 45 일진빌딩 6층
Tel (02)3273-5135 **Fax** (02)3273-5134
홈페이지 rokmedia.com **E-mail** rokmedia@empas.com

값 9,000원

ISBN 979-11-408-1405-3 (5권)
ISBN 979-11-408-1400-8 04810 (세트)

사령왕 카르나크

5

임경배 판타지 장편소설

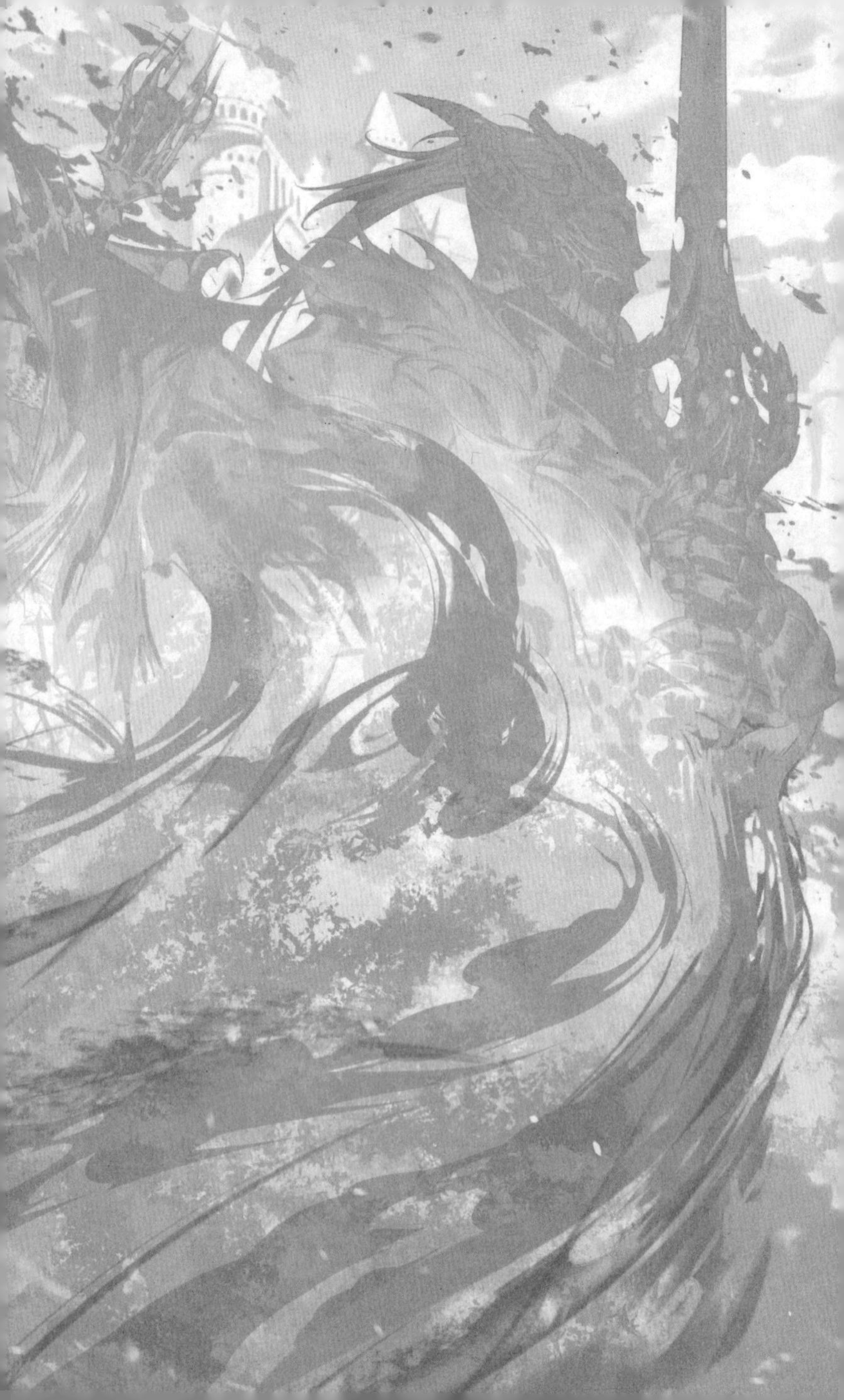

CONTENTS

Karma girl

잿빛 머리칼의 소녀가 걸음을 옮긴다.

차분한 눈빛, 앙다문 입술로 무심한 표정을 유지하며 눈앞까지 다가온다.

'어?'

순간 킹스 오더 대원은 반응하지 못했다.

너무 자연스러웠기 때문이다. 살의도 적의도, 하다못해 사소하게 인상을 쓰는 전조조차 없었다.

퍽!

갑자기 섬광이 번뜩였다. 희미한 비명과 함께 대원이 허공으로 날아갔다.

"끄, 끄어……."

순간적으로 간격을 좁히며 올려 차는 프론트킥이 턱을 정확히 가격한 것이다.

거기에 오러까지 깃들어 있으니 단련된 전사가 한 방에 혼절해 버렸다.

한 박자 늦게 다른 대원들이 소녀에게 덤벼들었다.

"뭐야?"

"왜 우리가 정신을 놓고 있었지?"

좌우로 참격이 날아온다. 몸을 틀며 소녀가 양손을 든다.

타탁!

그다지 빠르지도 않았는데 타이밍이 워낙 정확해 칼날이 좌우 손가락에 붙잡혔다.

그리고 이어지는 나직한 목소리.

"인간……."

칼날이 붙잡힌 대원들이 경악으로 눈을 부릅떴다.

'엥?'

'이게 실제로 되는 거야?'

영웅담에서야 손가락으로 날아오는 칼날 잡는 고수가 흔히 나올지 몰라도, 이걸 현실에서 저지르는 인간은 난생처음 봤다!

"구해야 해……."

옅은 읊조림을 남기며 소녀가 양팔을 털었다.

보랏빛 오러의 파동이 칼날을 타고 흘러 두 대원을 강타했

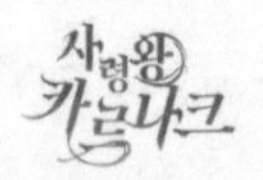

다.

"컥!"

"아악!"

또 동료 2명이 혼절해 바닥에 나뒹군다.

킹스 오더는 혼란에 빠졌다.

아까부터 구한다면서 왜 자꾸 사람을 패는 건지 모르겠는데, 애가 세도 너무 세다!

"다들 조심해! 마검이 전부가 아니었어!"

"젠장! 왜 맨손일 때가 더 괴물인 거야?"

한편 세라티는 카르나크를 호위하고 있었다.

말이 호위지, 실은 남들 싸울 때 뒤에서 몸 사리고 있었단 소리다.

평소의 그녀답지 않지만 어쩔 수 없었다.

아까의 그 가공할 살기를 떠올리면 지금도 오금이 저릴 지경이었다. 도저히 발이 떨어지지 않았다.

그나마 소녀의 공격에 살의가 없다는 점이 양심의 가책을 덜어 줄 뿐이었다.

'그런데 진짜 나 상대할 때랑은 대접이 완전히 다르네.'

세라티를 상대할 땐 철천지원수라도 만난 듯 분노와 살의를 펑펑 터트리더니, 다른 킹스 오더 대원들은 착실하게 기절만 시키고 있다.

그냥 손속에 사정을 둔다 정도가 아니었다.

확실하게 쓰러뜨릴 수 있을 때에도, 혹여 크게 다칠 것 같으면 일부러 자세를 바꾸며 물러난다.

귀찮음을 감수하면서까지 반드시 후유증이 남지 않는 공격만을 행한다.

아주 작정하고, 다치지 않게끔 쓰러뜨리는 것이다.

동료들끼리 대련을 해도 저렇게까지 상대의 안전을 신경 쓰진 못할 것 같았다.

카르나크가 혀를 차며 중얼거렸다.

[적어도 한 가지는 알겠군.]

[뭐가요?]

[어떻게 그렇게나 강력한 마검이 존재할 수 있었는지 말이야.]

마검이 강한 게 아니다. 검 자체는 그냥 평범한 마물이다.

단지 저 여자애가 너무 센 거다!

[마검은 그냥 정기만 보탰고, 그걸 효율적으로 사용한 건 저 소녀 본인의 실력이었어.]

오히려 마검을 쥐고 있어서 그동안 약했다고 봐야 한다.

대체 정체가 무엇이기에 저 나이에 저런 어마어마한 능력을 보일 수 있는 걸까?

세라티가 카르나크를 닦달했다.

[잘 좀 생각해 보세요. 대체 무슨 짓을 하신 거예요?]

[왜 꼭 내가 범인일 거라 생각하는 건데?]

[이 상황에서 사령왕을 찾는 애가 그럼 아무 상관도 없겠어요?]
[우연일 수도 있지!]
그동안 전황은 잠시 소강상태로 접어들고 있었다.
접근만 하면 곱게 기절해 버리니 함부로 덤빌 수가 없는 것이다.
킹스 오더가 머뭇거리자 소녀도 딱히 추가 공격을 하지는 않았다.
그 틈을 타 바로스가 슬금슬금 가까이 갔다.
'와, 진짜 세네. 그런데 묘하게 낯이 익은 느낌이…….'
그때였다.
그를 본 소녀의 얼굴이 급변했다.
두 눈에 불길이 일렁이며 전신에 보랏빛 오러가 크게 타오른다!
"로드 바로스!"
"엥?"
바로스는 당황했다.
바로스 경이 아니라 로드 바로스라고?
그가 저런 칭호로 불린 건 현 시간대가 아니다.
소녀의 날카로운 외침이 흡사 비명처럼 터져 나왔다.
"죽어!"
소녀가 몸을 날려 바로스를 덮쳤다.

세라티를 상대할 때와 같았다. 노골적인 살기, 극도의 분노가 무자비한 오러의 폭격이 되어 쏟아졌다.

"으, 으아아악!"

살기가 지나치게 노골적이다 보니 궤도를 예측하기 쉽다는 것도 마찬가지였다.

놀란 바로스가 바닥까지 구르며 정신없이 피하기 시작했다.

다른 킹스 오더 대원들이 허겁지겁 원호에 나섰다.

"헉!"

"갑자기 돌변했어?"

"바로스 경!"

그 모습을 지켜본 세라티와 카르나크가 멍하니 중얼거렸다.

[확정이네요.]

[응, 내가 범인이네.]

이쯤 되니 더 이상 부인할 수가 없다.

카르나크를 사령왕이라 부르는 데다가, 왕년의 데스 나이트 로드를 콕 짚어 증오를 불태우고 있는데 이게 우연일 리가 있나?

간신히 도망친 바로스가 자세를 고치며 혀를 내둘렀다.

"헉헉, 큰일 날 뻔했네."

슬금슬금 뒤로 빠지고 그 자리를 다른 대원들이 차지한다.

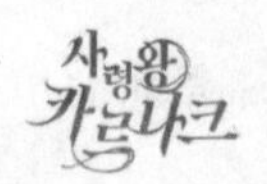

그 모습을 바라본 소녀는 잠시 고민했다.

맨손으로 싸우려니 자꾸 '목표'가 도망친다.

좀 더 예리한 공세를 취할 필요가 있다.

그녀가 쓰러진 킹스 오더 대원을 향해 손을 뻗었다. 대원이 놓친 장검 한 자루가 저절로 떠올라 소녀의 손아귀에 잡혔다.

그 상태로 양손을 늘어뜨린다.

우우웅!

청색의 오러가 오른손의 장검을 타고 피어올랐다. 동시에 왼손이 붉은 투기로 물들었다.

어깨 너머로는 여전히 보랏빛 오러가 안개처럼 피어난다.

대원들이 눈을 껌벅였다.

"저게 뭐야?"

"저게 왜 돼?"

자색 오러를 바탕으로, 적색 오러와 청색 오러를 동시에 펼친 것이다.

오러의 수위와 속성마저 자유자재로 바꾸는 초월적인 경지였다.

"저건 단장님도 못하시지 않아?"

"최소한 은검기를 다루는 경지는 되어야 가능한 것 아니었어?"

바로스도 이해가 안 간다는 얼굴이었다.

[저게 뭡니까, 도련님? 이 시대에, 저 나이에 저게 가능한 검사가 있었어요?]

세라티가 물었다.

[저거 힘든 거였어요?]

예전에 그녀의 몸을 차지했던 바로스 역시 비슷한 모습을 보여 줬다.

그가 워낙 쉽게 하기에 그냥 경지 좀 높아지면 다들 하는 건 줄 알았지.

바로스가 발끈하며 대꾸했다.

[당연히 힘들죠! 나쯤 되니까 하는 거거든요!]

카르나크의 안색이 어두워졌다.

[즉, 저 아이는 바로스 수준의 오러 운용 능력을 지니고 있다는 소리지?]

이 시대로 돌아와 힘을 다 잃어서 그렇지, 왕년의 바로스는 4대 무왕 중 셋을 처리한 지상 최강의 검사였다.

'확실히 아까부터 익숙한 느낌이긴 한데…….'

바로스는 눈을 가늘게 떴다.

무술이 익숙한 건 아니다. 무술 자체는 굉장히 보편적인, 유파를 특정 지을 수 없을 정도의 기본기만 쓰고 있었으니까.

하지만 그 흐름 속에 깃든 무의 기풍은 틀림없이 접한 바 있다.

'어디에서 봤지, 내가 저걸?'

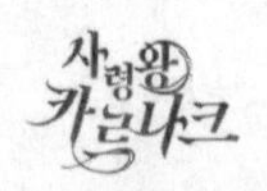

카르나크도 다른 면에서 비슷한 느낌을 받고 있었다.

무술 같은 건 모르겠다. 어차피 그쪽은 전공도 아니다.

하지만 오러에서 느껴지는 영혼의 파장은 알 수 있다.

'이상하네. 분명 초면인데 왜 기시감이……?'

그때였다.

소녀가 시선을 돌렸다.

"로드 바로스……."

그러더니 돌연 불같은 고함을 토한다.

"저주스러운 사령왕의 개!"

킹스 오더 대원들이 멍한 표정을 지었다.

그들 입장에선 정말 뜬금포도 이런 뜬금포가 없었다.

"……?"

"……?"

하지만 카르나크와 바로스에겐 뇌리 저편의 기억을 끄집어내는 외침이었다.

"켁!"

"옴마야!"

둘 다 깨달은 것이다, 이 익숙함이 대체 어디에서 기원한 것인지.

"크, 큰일 났다!"

갑자기 카르나크가 지팡이 끝을 휘저으며 사색이 되어 외쳤다.

"작렬하라, 섬광의 빛이여!"

10여 개의 마탄이 빛을 뿜으며 허공을 가른다.

소녀는 굳이 피하지 않았다. 그냥 물끄러미 마탄을 노려보며 전신에 오러 실드를 드리웠을 뿐.

콰콰콰콰쾅!

작렬의 마탄이 그녀를 두들기며 연달아 폭음을 울렸다.

하지만 피해를 주진 못했다. 소녀는 굳건한 산악처럼 조금의 흔들림도 없이 모든 공세를 감당하고 있었다.

그 틈에 카르나크가 몸을 휙 돌렸다.

"바로스! 세라티!"

어차피 한 발 맞히나 열 발 맞히나 소녀의 오러 방어를 뚫을 순 없다. 그건 안다.

하지만 열 발인 경우가 좋은 점도 있었다.

흙먼지도 10배가 넘게 피어오르거든!

"도망쳐!"

소녀의 시야를 가린 뒤 카르나크는 맹렬히 달리기 시작했다.

괴상한 신음을 던지며 바로스도 그 뒤를 따랐다.

"으히이익!"

상황이 이래서야 세라티도 저들을 따를 수밖에 없다.

둘을 쫓아가며 그녀가 황당한 듯 물었다.

"왜 그래요, 둘 다? 정말 아는 사람이에요?"

항상 제 잘난 맛에 살던 두 사람이 이렇게 사색이 되는 건 처음 봤다. 심지어 은밀한 마법 전언을 쓸 여유조차 없다니?

"라피셀이야!"

카르나크가 숨을 헐떡이며 대꾸했다.

"시프라스의 무왕! 라피셀 크로테움!"

킹스 오더 1대대 대원들은 당혹하고 있었다.

'또 뭐야?'

'뭐가 어떻게 돌아가는 거지?'

1대대 지휘관인 지켄과 트리브, 해리스가 전부 쓰러졌다. 그러니 이제 킹스 오더를 지휘할 이는 카르나크와 바로스, 세라티밖에 없다.

그런데 그 중요한 지휘관들이, 부하들 죄다 버리고 대뜸 도망을 쳐 버렸다?

'우리도 도망쳐야 하나?'

'쓰러진 동료들을 버릴 순 없잖아!'

당연히 1대대 전원이 허둥대고 있는데, 의외로 7대대는 그러려니 하는 눈치였다.

"저 양반, 또 뭔가 속셈이 있나 본데요."

"에휴, 항상 저런 식이지."

"그러게 미리 상의 좀 하면 덧나나?"

다들 익숙하다는 듯 소녀를 포위하며 전투태세를 갖춘다.

대장에게 버림받았는데도 배신감 따위 전혀 느끼지 않는 표정들이다.

카르나크가 평소 비겁한 인간이었다면 다들 경멸을 아끼지 않았으리라.

하지만 의외로 그는 대원들 사이에서 상당히 좋은 평가를 받고 있었다.

일단 부하들의 생명을 아껴, 험지로 몰아넣는 경우가 거의 없었다. (사실은 부하들이 없는 쪽이 사령술을 쓰기 편해서 일부러 떨어트려 놓는 것이지만.)

전공을 탐내 무리한 임무를 떠넘기지도 않았다. (대대 전체의 전공보다는 본인이 직접 사교도를 붙잡아 정보 캐는 게 우선이었으니까.)

특히 대원들의 술과 밥을 챙기는 데는 '매우' 진심이었다.

이유는 잘 모르겠지만, 적어도 식사만큼은 영혼이라도 걸린 것처럼 철저하게 굴었던 것이다.

자고로 몸으로 일하는 이들에겐 밥 잘 챙겨 주는 것이 매우 중요한 일인 법이다.

원래도 좋은 상관이었고, 평소에도 비밀스럽게 움직이는 일이 흔했으며, 뜬금없이 이해할 수 없는 행동을 하는 경우도 워낙 많았다.

그러니 갑작스러운 도주 정도야 당황할 일도 아니지.

"카르나크 대장이 뭔가 작전이 있나 보군!"

"그럼 맞춰 줘야지!"

7대대가 열심히 몸을 던져 소녀의 앞길을 가로막았다.

덕분에 카르나크와 바로스, 세라티는 무사히 협곡 입구까지 갈 수 있었다.

호흡을 고르며 카르나크가 치를 떨었다.

"세상에, 진짜 라피셀이잖아?"

바로스도 질린 표정을 짓고 있었다.

"어떻게 라피셀이 여기 있는 겁니까, 도련님?"

두 사람을 번갈아 보며 세라티가 조심스레 물었다.

"……도대체 라피셀이 누구예요?"

4대 무왕의 홍일점, 라피셀 크로테윰.

사상 최연소로 무왕의 칭호를 얻은 자이자, 온 세상이 사령왕의 공포에 굴복해 버린 후에도 끝까지 맞서 싸웠던 위대한 인류의 영웅!

카르나크와 바로스가 어이없다는 듯 세라티를 타박했다.

"왜 몰라?"

"4대 무왕이잖아요?"

여전히 세라티는 이해를 못 하고 있었다.

"4대 무왕 중에 라피셀이란 이름은 없는데요?"

크로테윰이라는 성은 익숙하다.

벨티아 크로테움, 시프라스 출신의 여검사로 현 4대 무왕 중 1인이자 홍일점이기도 한 절대 강자다.

하지만 그녀는 올해로 마흔이 넘은 성숙한 여인이었다. 저런 소녀가 아니었다.

"아, 그렇지……."

뒤늦게 카르나크와 바로스도 정신을 차렸다.

잠깐 헷갈렸는데, 생각해 보니 세라티가 라피셀을 알 리 없었다.

"이 시기엔 아직 라피셀이 무왕은 아니지?"

"그보단 미래의 4대 무왕 중 대부분이 이 시기엔 아직 무왕이 아니죠."

레번 스트라우스는 아버지인 무왕 갤러드 스트라우스의 후계자로 활동하고 있다.

말리칸 툰은 동부의 은거지에서 수행 중이니 아직 무왕의 경지에 오르지 못했다.

"드렐타인 텔릭스는 현역이겠네요. 그 양반은 이 시대에도 무왕일 테니."

다만 두 사람이 기억하는 60을 넘긴 나이의 원숙한 노검사가 아니라, 갓 무왕이 된 한창 젊고 팔팔한 30대 검사다.

그리고 라피셀 크로테움은…….

"아직 벨티아가 제자로 들이기도 전이겠구나, 지금 시기라면."

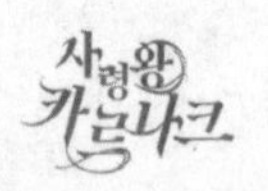

벨티아의 제자가 되어 크로테움이란 성을 받고도 무려 20여 년이 지난 후에야 비로소 무왕의 칭호를 얻게 되는 것이다.

세라티가 킹스 오더와 대치 중인 잿빛 머리 소녀를 힐끔 보았다.

"그러니까 저 아이가 미래의 무왕이란 의미인가요?"

"응."

"그럼 대체……."

여전히 소녀는 우아하고 품위 있게 킹스 오더를 하나하나 기절시키고 있었다.

검을 들었음에도 베지 않는다. 오러를 뭉툭하게 뭉쳐 칼날이 아닌 몽둥이로 후려갈긴다.

카르나크 일행을 대할 때와는 완전 딴판이었다.

"저 미래의 무왕에게 무슨 짓을 하셨기에, 마치 철천지원수라도 만난 것처럼 구는 거예요?"

갑자기 카르나크가 머쓱해하며 시선을 피했다.

"어, 그게……."

한숨을 쉬며 바로스가 대신 대꾸했다.

"……철천지원수가 맞으니까 그렇죠."

카르나크가 본격적으로 사령왕으로서 악명을 떨치며 세상

을 한창 뒤엎을 때의 일이었다.

이미 인류는 그의 언데드 군세 앞에 대부분 무릎을 꿇었다.

심지어 3인의 대마법사와 4대 무왕 중 대부분이 사령왕의 방대한 권능과 그 저주받을 심복 앞에 무력하게 쓰러졌다.

그럼에도 라피셀은 굴복하지 않았다.

그 어떤 고난과 역경 앞에서도 꺾이지 않는다. 아무리 좌절이 닥쳐도 다시 일어나며 꿋꿋이 어둠에 대항한다.

그런 그녀의 모습은 실로 인류의 등불이나 다름없었다.

사령왕 입장에선 매우 큰 골칫거리이기도 했다.

지속적으로 네크로피아 제국을 괴롭히는 라피셀의 활약에 결국 카르나크가 직접 나섰다.

"뭘 어쩌셨는데요?"

"원래는 은거한 벨티아를 붙잡아 인질로 쓰려고 했어."

그런데 인질극이 통하지 않았다.

사랑하는 스승의 목숨조차 피눈물을 흘리며 포기하고 계속 사령왕에게 대적한 것이다.

그만큼 그녀는 정의를, 인류를 위해 싸우고 있었다.

"그래서, 벨티아를 언데드로 만든 다음 라피셀을 잡아 오라고 시켰거든."

순간 세라티는 입을 쩍 벌렸다.

"네에?"

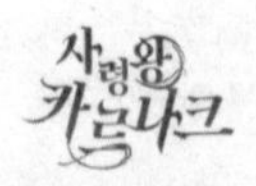

그러니까, 부모나 다름없는 유일한 스승을 언데드로 만든 다음, 서로 싸우게 만들었다고?

“기껏 붙잡았는데 써먹긴 해야 할 것 아냐? 벨티아도 뭐, 전성기는 지났지만 아직 쓸 만했고…….”

“강아지 아기.”

“응?”

“아뇨, 아무것도.”

어쨌거나 듣고 보니 철천지원수 되고도 남겠다는 생각이 든다.

그런데 바로스가 슥 끼어들었다.

“진짜는 아직 시작도 안 했는데요.”

“……그게 끝이 아니라고요?”

벨티아를 벤 뒤 라피셀은 더더욱 분노에 불타 카르나크에게 대항했다.

하지만 아무리 그녀라도 아스트라 슈나프로 변모한 카르나크의 힘까지 감당할 순 없었다.

결국 몰려오는 언데드 대군 앞에 검이 꺾였다.

생포한 라피셀에게 카르나크는 실로 끔찍한 처벌을 내렸다.

뼈는 발라서 스켈레톤 병사로 부리고, 살점은 뜯어내 플레시 골렘으로 만들고, 영혼은 분리해 리밍 아머에 봉인한다.

—감히 내게 대항한 시건방진 여자여, 죽지도 살지도 못하는 지옥 속에서 억겁에 걸쳐 고통받게 해 주마!

"……라시면서 말이죠."

바로스의 말에 세라티는 카르나크를 물끄러미 바라보았다.

바퀴벌레가 나타나도 이보단 호의적일 듯한 눈빛이었다.

"와, 악마도 울고 가겠네요……."

"실제로 내가 울린 악마가 많긴 해. 세라티 너도 봤잖아. 마즈눈, 그놈도 울면서 소멸했……."

"말 돌리지 마시고요."

"응, 미안."

시무룩하게 고개를 숙이는 걸 보니, 카르나크도 자신이 얼마나 극악무도한 짓을 저질렀는지 이제 조금은 이해하는 것 같았다.

물론 그렇다고 옹호할 생각 따윈 절대 들지 않지만.

한숨을 쉬며 세라티가 중얼거렸다.

"왜 카르나크 님을 보자마자 비명을 지르고 도망갔는지 이해가 가네요."

자신도 전생 때 그런 꼴을 당했으면 보자마자 기겁하고 도주할 것 같았다.

바로스와 자신만 미친 듯이 죽이려 날뛴 것도 충분히 이해가 간다.

한 놈은 사령왕의 심복이고 다른 하나는 권속이니까.

그때 세라티가 고개를 갸웃거렸다.

'잠깐, 전생?'

말하다 보니 깨달은 점이 있다.

"저 소녀가 미래의 무왕이라고요?"

미래에 '무왕이 되는 소녀'가 아니다. 미래의 무왕 그 자체다.

그래야 카르나크를 보고 분노와 증오를 터트리는 게 앞뒤가 맞다.

"맞아."

카르나크가 심각한 표정을 지었다.

"저건 미래의 라피셀이야. 우리처럼 영혼이 시공을 거슬러 왔어."

저 소녀의 영혼이 미래에서 왔다는 건 정체를 파악하자마자 바로 알았다.

아무리 미래의 무왕이라도 현재는 열서너 살밖에 안 된 어린아이, 심지어 스승인 벨티아를 만나기도 전이다. 저런 힘을 지니고 있을 리가 없다.

도저히 모르겠는 건 이쪽이었다.

"어떻게 쟤가 우릴 따라 이 시간대로 온 거지?"

킹스 오더 1대대와 7대대는 여전히 소녀의 앞길을 막고 있었다.

7대대는 카르나크를 믿고 열심히 몸을 던지고…….

'아이고, 죽겠네.'

'카르나크 대장은 언제쯤 돌아오시려나?'

1대대는 미심쩍은 기분을 감추지 못한 채 그래도 싸운다.

'작전 짜고 있는 거 맞긴 한가?'

'그냥 도망간 거 아냐?'

그럼에도 후퇴하거나 하는 이들은 없었다.

다들 슬슬 눈치챈 것이다. 저 소녀에겐 처맞고 쓰러져도 된다는 것을.

쓰러진 이들의 자태가 참으로 곱다. 심각한 부상은 고사하고 멍든 흔적조차 보이지 않는다.

정말이지 철저하게 안전제일주의로 싸우고 있었다.

'이유는 모르겠지만!'

'이런 식이라면 우리도 안심하고 덤빌 수 있지!'

사실 이렇게까지 안심할 일은 아니다.

외상이 없다 해서 안전하게 쓰러졌다는 보장은 없는 것이다.

겉으론 멀쩡해도 속으론 척추가 두 동강 나서 전신불수가

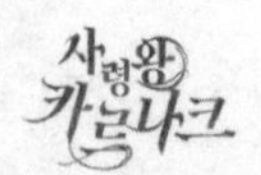

된 것일 수도 있잖아?

하지만 그 사실은 일부러 외면했다.

거기까지 생각해 봐야 현 상황에서 도움 될 것도 없고.

투지를 높이며 7대대는 쉴 새 없이 달려들었다.

"일단 막아!"

"어차피 우린 쓰러져도 괜찮아!"

"시간을 벌면 카르나크 대장이 어떻게든 해 줄 거다!"

이 깊은 신뢰와 아름다운 동료애에 대한 카르나크의 보답은 이것이었다.

"다른 애들이 사냥당하고 있으니까, 이 틈에 거리를 좀 더 벌리자."

전황을 지켜보며 카르나크와 바로스는 슬금슬금 뒤로 내뺐다.

기가 막혀 세라티가 따졌다.

"동료들을 미끼로 쓰겠다는 건가요?"

"걔들은 괜찮아. 안 죽는다니까."

바로스도 비슷한 반응이었다.

"불구가 되거나 하지도 않을 겁니다. 라피셀은 그런 사람이었으니까요."

어떤 상황에서도 옳지 못한 일은 하지 않는, 설령 자신의 목숨이 위태로워져도 결코 죄 없는 이를 희생시키지 않는, 인류의 희망.

비록 적이긴 했지만 둘 다 라피셀이 진정한 영웅이었다는 점은 인정하고 있었다.

그래서 세라티는 더더욱 어이없어하며 둘을 쳐다보고 있었지만.

'그러니까, 그런 대단한 영웅에게 인류를 저버리는 짓을 시키고 영혼을 갈가리 찢어 고문했단 말이지?'

자신이 왜 이딴 놈들 밑에 있는 건지 심각한 회의가 든다.

"그러고 보니 이상하네요. 왜 저한테도 그렇게 증오를 불태우는 거죠, 그럼?"

카르나크? 누가 봐도 맞아 죽어 싼 짓을 했다.

바로스? 역시나 마찬가지다.

하지만 세라티 자신은 라피셀에게 아무 짓도 안 했는데?

카르나크가 눈을 흘겼다.

"추악한 사령술사에게 영혼 팔아 목숨 부지한 비겁한 인간이라서 그런 게 아닐까?"

"……."

시무룩해진 세라티를 뒤로한 채 카르나크 일행은 계속 협곡 안쪽으로 이동했다. 그리고 적당히 으슥한 바위 하나를 찾아 몸을 숨겼다.

"혼돈의 장막이여, 내 위에 드리워 내 적의 눈을 속여라."

6서클의 은신 마법이 일행 주위로 펼쳐졌다.

환영을 펼쳐 적의 시야에서 모습을 숨기고, 기척이나 냄새

마저 감추는 인비저빌리티의 상위 마법이었다.

그러고 나서야 카르나크도 한숨 돌릴 여유가 생겼다.

"쟤가 어떻게 여기 왔는지는 나중에 고민하고……."

지금 문제는 그게 아니다. 일단 살아남아야 한다.

"저걸 어떻게 잡는다?"

전투 중인 라피셀을 살피며 바로스가 대꾸했다.

"여전히 전투 감각 하나는 끝내주는구만요. 예전에도 저랬는데."

"그러게. 아우, 상대하기 싫다."

치를 떠는 둘을 보며 세라티가 물었다.

"대체 얼마나 강했기에 그래요?"

카르나크와 바로스가 동시에 대답했다.

"4대 무왕 중에서도 최강이었어."

"무왕이니 당연히 강했죠. 4대 무왕 중에선 제일 약했지만."

그녀가 눈을 동그랗게 떴다.

"왜 서로 말이 달라요?"

혈통 좋은 가문에서 태어나 어릴 적부터 체계적인 가르침을 받은 다른 무왕들.

그에 비해 라피셀의 어린 시절은 평범했다.

아니, 평범하지도 못했다는 쪽이 옳을 것이다.

가난한 평민 가정에서 태어나 힘겹게 자라다, 도적을 만나 부모를 잃고 고아가 되었으니까.

벨티아에게 거두어지기 전까진 무술 수련은 고사하고 매일 입에 풀칠하기도 벅찬 삶이었다.

하지만 반대로 말하면, 저런 상황인데도 당대의 무왕이 척 보자마자 홀딱 반해 수제자로 삼았다는 소리다.

"재능 하나는 진짜 압도적이었죠."

물론 그것만으로 다른 무왕들을 능가할 정도는 아니었다.

애초에 무왕쯤 되는 인간들치고 천재 아닌 놈 없다.

천부적인 재능을 타고나, 모자람 없는 지원을 받고, 본인도 뼈와 살을 깎는 노력을 하며, 심지어 행운도 좀 더해 줘야 겨우 오를 수 있는 위치가 무왕의 경지인 것이다.

그래서 라피셀은 4대 무왕 중 최약체였다.

"대신, 요령이 좋아 어떤 상황에서도 적응이 빨랐지요."

아무도 경험해 보지 못한 적을 상대로는 제일 강했다.

어떤 기상천외한 술법을 만나도 어떻게든 돌파구를 찾아내곤 했다.

즉, 무인인 바로스 입장에선 그나마 상대하기 쉬운 편.

반면 사령술사였던 카르나크에겐 4대 무왕 중 제일 까다로운 케이스였다.

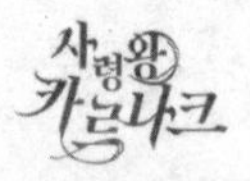

"아, 진짜 귀찮았지."

투덜대며 카르나크는 바위 너머를 힐끔거렸다.

"다행히 지금은 예전만 못하지만."

놀란 세라티가 물었다.

"저게 예전만 못한 거예요?"

"당연하지. 고작 저 정도로 무왕 소리를 들었을 리가 없잖아."

"그럼요. 하늘도 여전히 파랗고 땅도 안 갈라지는데, 지금이야 단련도 안 된 어린 몸에 갇혀서 저 모양인 거죠."

바로스의 말에 세라티는 멍한 얼굴을 했다.

즉, 전성기의 라피셀이 싸우면 하늘은 색이 변하고 땅이 갈라졌단 소리?

무왕이란 족속들은 얼마나 강하다는 건가? 그리고 그들을 모조리 물리쳤다는 바로스는 도대체?

"그럼 바로스 경과 저 아이는 뭐가 달라요?"

"응? 뭐가?"

둘 다 말도 안 되는 괴물이었다가 몰락했다는 건 알겠다.

하지만 몰락의 정도가 다른 것이다.

오러도 각성 못해서 빌빌대는 바로스와 달리, 저 아이는 무려 자색급의 오러를 펑펑 날리고 있지 않은가?

"왕년에는 동급이었다면서 어째 지금은 너무 차이가 커서……."

"에이, 상황이 다르지. 바로스와 재는……."

그렇게 막 대꾸하던 중이었다.

"아!"

그녀의 질문 덕에 뭔가 떠올랐다.

카르나크가 눈을 빛냈다.

"그렇군! 그 방법이 있었잖아?"

여전히 라피셀은 차분하게 킹스 오더를 상대하고 있었다.

칼날에 뭉툭한 오러를 덧씌워 몽둥이처럼 만든 뒤 딱 필요한 만큼만 두들겨 기절시킨다. 이쯤 되면 기절이라기보단 마취에 가까운 솜씨다.

마침내 1대대와 7대대 절반 이상이 바닥에 널브러졌다.

이제 남은 이는 10명 남짓.

'젠장…….'

'언제까지 이래야 하는 거야?'

'카르나크 대장은 대체 뭘 하고 있는 거지?'

아무리 상대에게 살의가 없다 해도 이 정도로 실력 차가 극심한데 계속 덤벼드는 건 쉬운 일이 아니다.

그나마 이만큼이라도 버텼다는 게 킹스 오더가 얼마나 정예인지 증명한 셈이다.

대원들이 하나둘 뒷걸음질을 치기 시작했다. 심지어 몇몇은 슬그머니 포위망을 열어 주기까지 했다.

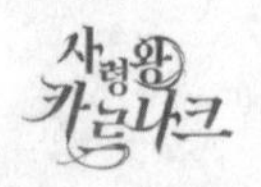

대단히 노골적인 의미였다.

'자, 우리는 할 만큼 했으니까 이제 카르나크 대장에게 가라!'

그런데 소녀, 라피셀의 반응이 바뀌었다.

"인간들……."

쓰러진 이들과 서 있는 이들을 번갈아 보며 그녀가 중얼거렸다.

"구해야 해……."

그러더니 물러선 이들을 노리면서 몸을 날린다.

대원들이 당황해 눈을 크게 떴다.

"뭐야?"

"대장 잡으러 안 가?"

덤비는 상대에게 수동적으로 반격만 하던 소녀가 능동적으로 킹스 오더를 공격하기 시작한 것이다.

참으로 자비로운, 그러나 맞는 입장에선 무자비 그 자체인 오러 몽둥이 폭풍이 남은 대원들마저 덮쳐 갔다.

"컥!"

"이, 이런!"

다들 제대로 대항조차 못하고 속수무책으로 땅바닥을 나뒹굴었다.

심지어 도망조차 제대로 치지 못했다.

인간의 심리는 어느 정도 관성의 지배를 받게 마련이다.

도주해선 안 된다는 무의식이 먼저 자리 잡고 있으니 바로 태세 전환이 안 되는 것이다.

결국 최후의 1명마저 라피셀의 일격에 정신을 잃었다.

"으어어……."

이걸로 이 자리의 킹스 오더 전원이 전투 불능이 되었다.

라피셀은 주위를 둘러보았다.

"인간들……."

그리고 희미한 미소를 짓는다.

"구했어……."

쓰러진 이들은 절대 동의하지 않겠지만 그녀에겐 만족스러운 결과인 듯했다.

급한 불을 껐으니 이제 진짜 목표를 찾을 차례.

라피셀의 두 눈에서 자색의 빛이 새어 나왔다. 협곡 저편을 노려보며 그녀가 으르렁대듯 외쳤다.

"……사령왕!"

협곡 근처의 거대한 바위 틈새.

어둠 속에 몸을 숨긴 채 카르나크는 초조하게 손톱을 깨물고 있었다.

'전부 쓰러졌나?'

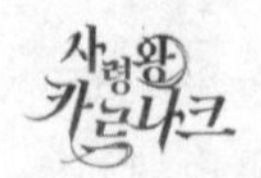

저 멀리 잿빛 머리칼의 소녀가 걸음을 옮기며 이쪽으로 천천히 다가온다.

'좀 더 버틸 수 있을 줄 알았는데.'

쓰러진 동료들을 살피며 세라티가 물었다.

[다들 괜찮을까요?]

겉보기엔 너무 멀쩡해서 그냥 잠든 것처럼 보이지만, 그렇다고 쉽게 깨어날 수준도 아니었다. 족히 반나절은 의식을 되찾지 못할 듯 보였다.

[괜찮아. 별문제 없을 거야.]

카르나크가 고개를 저었다.

[예전부터 라피셀은 인간들을 기절시킨 경험이 많았거든.]

덕분에 후유증 없이 쓰러뜨리는 데는 일가견이 있다고 한다.

[왜 그런 경험이 많은 건데요?]

[어, 그게, 저…….]

또 시선을 피하는 카르나크를 보며 그녀는 해답을 깨달았다.

왜긴 왜겠어?

이 극악무도한 사령왕이란 놈이 워낙 죄 없는 사람들을 자주 정신 지배해서 조종하곤 했으니까 그랬겠지.

'에휴…….'

세라티가 한심해하는 와중에도 라피셀은 계속 분지 이곳

저곳을 헤매고 있었다.

"카르나크……."

음산한 목소리로, 분노를 담아 흐느끼듯 이름을 부른다.

"카르나크……."

어깨를 움츠리며 카르나크와 세라티는 더더욱 바위 그림자로 몸을 숨겼다.

[이쪽으로 오는데요?]

[움직이지 마. 들킬라.]

지금이야 은신 마법 덕분에 자신들을 못 찾고 있지만, 그녀의 예리한 감각이라면 움직이는 순간 위치를 파악할 가능성이 크다.

[이대로 바로스가 돌아올 때까지만 버티면…….]

그러던 중이었다.

갑자기 라피셀이 발길을 돌렸다.

그러더니 오던 길을 되짚어 다시 분지 안쪽으로 들어가 버린다?

'엥?'

카르나크는 당황했다.

'어라? 재 어디 가?'

적이 알아서 멀어져 주는 건 물론 고마운 일이지만, 방향이 문제였다.

저쪽으로 가 버리면 은신 마법 걸고 몰래 이동 중인 바로스와 마주치게 되는 것이다.

아까도 말했듯 그녀의 예리한 감각이라면 은신 마법을 걸어도 움직이는 순간 감지당할 것이다.

지금이야 거리가 멀어 알아채지 못하고 있지만, 가까워지면 바로스가 아무리 은밀히 이동해도 결국 위치를 파악당할 터.

바로스를 잃으면 그나마 남아 있던 승산마저 사라져 버린다.

도로 그녀의 시선을 이쪽으로 끌고 와야 했다.

그리고 그 방법은 하나밖에 없었다.

'할 수 없지. 목숨 거는 수밖에!'

두 사람이 바위 틈새 밖으로 뛰쳐나갔다.

붉은 투기검을 끌어내 겨누며 세라티가 날카로운 고함을 터트렸다!

"이쪽이다!"

라피셀이 고개를 돌렸다.

"아?"

눈가를 가늘게 뜨며 그녀가 꽃같이 화사한 미소를 피웠다.

"……찾았다."

잿빛 머리칼이 바람에 흔들린다. 그 사이로 푸른 눈동자가 빛을 발한다.

라피셀의 오른손에 쥐인 투기검이 변화했다.

우우우웅!

잔잔한 청색이던 오러가 이글거리는 보랏빛으로 바뀌었다.

뭉툭했던 형상 역시 날카롭게 벼려진 한 자루 칼날이 되었다.

두들겨 패서 기절시킬 생각 따위 전혀 없다, 확실하게 썰어 죽이겠다는 의사 표현이 매우 노골적이다.

세라티가 살짝 울상을 지었다.

'역시 저렇게 나오는구나…….'

다행히 라피셀의 시선은 오직 카르나크에게만 꽂혀 있었다.

'하찮은 권속' 따위는 논외인 모양이었다.

"사령왕!"

오러를 폭발시키며 그녀가 몸을 날렸다.

"죽인다!"

동시에 카르나크가 혼돈마법을 발동했다.

"일어나라, 대지의 혼이여!"

사방에서 무수한 흙더미가 동시다발적으로 솟구쳤다. 그리고 일제히 거대한 흙거인으로 변했다.

무려 20기나 되는 골렘을 소환한 뒤 시동어를 외친다.

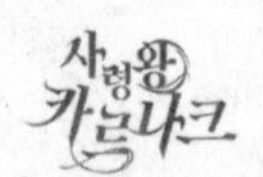

"명에 따라 내 적을 쳐라!"

골렘들이 라피셀을 향해 우르르 몰려갔다.

허공에서 몸을 틀며 그녀가 자색 검광을 흩뿌려 댔다.

"타아아앗!"

오러의 칼날이 골렘들 사이를 무자비하게 수놓았다.

빛이 스칠 때마다 바위가 숭덩숭덩 뭉텅이로 잘려 나간다.

매끄러운 단면을 드러낸 바위 조각들이 바닥에 처박히며 굉음을 낸다.

쿵! 쿵! 쿠쿵!

달군 나이프로 버터를 잘라도 저 정도는 아닐 것 같았다.

가차 없이 썰리는 골렘 무리를 보며 세라티가 다급히 외쳤다.

"안 통하는데요?"

"통하라고 한 짓 아냐!"

어디까지나 시간 벌기용이었다.

전신의 혼돈마력을 모조리 털어 소환한 골렘이 무려 20기.

아무리 라피셀이라도 저걸 다 부수는 데는 꽤나 시간이 걸리는 것이다.

그러니까, 한 5초쯤 벌었나?

"……무슨 의미가 있어요?"

"있지! 사령술 쓸 시간을 벌었잖아!"

현재 카르나크 일행의 실력으로 라피셀을 쓰러뜨리는 건

어림도 없는 일이다.

카르나크보다 상위의 마법사인 지켄, 세라티보다 상위의 오러 유저인 트리브가 맥도 못 추고 허망하게 당하지 않았나?

마법과 오러로는 절대 맞서 싸울 수 없다.

믿을 건 그저 사령술뿐!

전신의 혼돈마력을 탈탈 턴 카르나크가 곧바로 짙은 어둠을 전신에 드리웠다.

"오라, 나의 종들이여! 죽은 자의 왕의 이름으로 그대들을 부리노라!"

칠흑의 악령이 어둠 곳곳에서 피어올랐다.

악령들이 허공에서 춤추며 사악한 파동을 뿌리며 울부짖기 시작했다.

꺄아아아아악!

분지를 메운 악령들을 바라보며 세라티가 안색을 굳혔다.

"사령술 써도 괜찮은 거예요?"

"안 들키면 장땡이야!"

이래서 일부러 다른 킹스 오더들이 전부 쓰러질 때까지 기다린 것이다.

보는 눈이 없어야 안심하고 사령술을 쓸 수 있으니까.

사람들이 도로 깨어나면 사방에 남은 어둠의 흔적을 보고 의아해하겠지만, 그건 라피셀의 짓이라 우기면 된다.

지휘하듯 손끝을 움직이며 카르나크가 명을 내렸다.

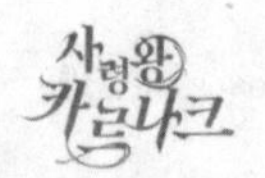

"가라, 심연의 부름을 받은 자여. 고통으로 빛과 맞서라."

악령들이 연달아 라피셀에게 달려들었다.

크아아아아!

캬아아아아!

이젠 카르나크도 어둠의 힘을 꽤나 회복한 후였다.

작정하고 사령술을 펼치니 라피셀도 아까처럼 쉽게 처리하지는 못했다.

"사령왕……."

물론 어디까지나 골렘보다 좀 상황이 나을 뿐이지, 결과적으로 시간 벌이일 뿐이라는 데는 차이가 없었다.

"……죽인다!"

밀려오는 악령들을 향해 라피셀이 또다시 무자비한 참격을 퍼부어 댔다. 악령들이 급속도로 녹아내리기 시작했다.

그 틈에 카르나크가 다른 사령술을 준비했다.

"권속이여, 그대를 지음하노라!"

세라티의 발치에서 붉은 기운이 피어올라 전신을 감쌌다. 그리고 기괴한 형태의 풀 플레이트 아머로 변했다.

그녀가 놀라 물었다.

"이건?"

"게헤나에서 소환한 블러드 데몬의 갑주다! 이젠 좀 붙어볼 만할 거야!"

세라티는 내심 당황했다.

말인즉슨, 사악한 지옥의 힘이 그녀의 전신을 휘감았다는 소리가 아닌가?

인간이라면 당연히 끔찍하게 불쾌한 기분을 느껴야 정상이리라.

'그런데 왜 이렇게 편해?'

이렇게 안락한 갑옷은 난생처음 걸쳐 보는 듯하다.

'내 영혼, 대체 얼마나 타락한 거지?'

울고 싶은 기분이었지만 상황이 그리 느긋하지는 않다.

진홍빛 갑주를 걸친 채 세라티가 몸을 날렸다.

"에잇!"

확실히 갑주의 능력이 좋긴 좋았다.

단숨에 그녀가 라피셸의 등 뒤를 잡았다. 신체 능력이 놀랍도록 향상된 것이다.

라피셸의 표정이 살짝 변했다.

"……지옥의 권속!"

아까까진 '하찮은' 권속이었으니 무시하고 카르나크에게 집중했다.

하지만 지금은 사령왕의 기운을 듬뿍 머금고 있다.

그렇다면 이 사악한 존재부터 먼저 처리해야 한다.

"죽인다!"

무시무시한 살기가 세라티의 정수리에 꽂혔다.

정말이지, 뱀 앞에 선 개구리가 된 기분이었다.

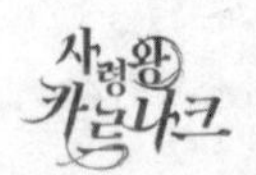

'으아아…….'

그럼에도 몸이 움직인다.

"누, 누가 죽어 준대?"

붉은 투기검이 화려한 궤적을 그렸다.

붉은 빛과 보라 빛이 허공에 연신 충돌했다.

쾅! 콰쾅!

놀랍게도 세라티는 무려 세 차례나 라피셸의 공격을 막을 수 있었다.

적색급과 자색급의 격차를 생각하면 말도 안 되는 결과였다.

'어, 이젠 좀 되는 것 같은데?'

……라고 잠시 착각했을 때였다.

"흥!"

콧방귀를 뀌며 라피셸이 투기검을 길게 올려 쳤다.

황급히 세라티가 몸을 틀어 공세를 피했다. 아슬아슬하게 보랏빛 오러가 갑주 끝을 스치고 지나갔다.

그렇다.

스치고 지나갔다.

그런데…….

콰아아앙!

그녀의 전신이 마차에 치인 어린아이처럼 수십 미터나 나가떨어졌다.

어찌나 충격이 강했는지 마치 물수제비처럼 땅 위를 통통 튕긴다.

"커, 커어억!"

이제까진 전혀 전력이 아니었던 것이다.

처음 보는 상대의 전력을 파악하기 위해 가볍게 검을 섞었을 뿐이다. 뛰어난 무인들이 흔하게 보이는 습관이기도 하다.

"으, 으으으……."

신음하며 그녀는 억지로 몸을 일으켰다.

다행히 이 지옥의 갑주는 신체 능력뿐 아니라 방어력도 무시무시하게 올려 주는 물건이었다. 덕분에 아직 움직일 수는 있었다.

하지만 계속 이런 식으로 싸우다간 결과가 뻔하겠지.

치를 떨며 세라티는 분지 저편을 간절하게 바라보았다.

'대체 바로스 경은 언제 돌아오는 거야?'

어둠이 짙게 깔린 분지 서쪽.

바로스는 야음을 틈타 계속 이동하고 있었다.

걸음을 옮기는 와중에도 계속 등 뒤를 살핀다.

'저쪽은 난리 났구만.'

밤하늘 너머로 온갖 빛이 번쩍거리고 있었다. 카르나크와

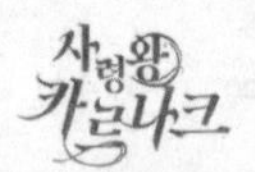

세라티가 라피셀과 한창 전투를 벌이는 광경이었다.

'서둘러야 하는데…….'

하지만 이보다 더 빨리 움직일 순 없다. 그랬다간 카르나크가 걸어 준 은신 마법이 깨진다.

아무리 답답해도, 일정 속도를 유지한 채 냉정하게 걸음을 옮길 수밖에.

마침내 원하던 장소에 도착했다.

들풀 사이로 기절해 쓰러진 지켄과 트리브의 모습이 보인다.

하지만 저들이 여기까지 온 이유는 아니다.

'미안하지만 댁들은 좀 나중에 구해야겠수다.'

바로스는 목표를 향해 걸음을 옮겼다.

저들 사이에 놓인, 마법의 사슬에 의해 억눌려 있는 커다란 양수검.

마검 마레다였다.

데스 나이트 로드 바로스와 시프라스의 무왕 라피셀.

이 둘은 거의 동급이다.

자세히 따지면 바로스가 라피셀보다 살짝 수준이 낮긴 한데, 그래 봐야 큰 차이는 나지 않는다.

그럼에도 회귀한 바로스는 오러라곤 쥐뿔도 없는데 라피셀은 자색급의 투기를 지니고 있다.

대체 어디에서 저 오러를 얻었을까?

고작 열서너 살짜리 아이가 스스로 훈련해서 얻었을 리는 없다.

그렇다고 미래의 그녀가 챙겨 왔을 리도 없다. 투기는 영혼에 귀속되는 것이 아니니까.

그게 가능했다면 바로스도 그 방대한 암흑투기를 고스란히 지닌 채 이 시대로 회귀했을 것이다.

해답은 간단하다.

"마검의 힘이지."

마검 마레다는 숙주를 조종해 인간을 베어 그 정혈을 빨아먹는다. 그리고 그 힘을 다시 숙주에게 보내 더욱 강하게 만들고, 더 많은 인간을 베게 만든다.

"죽인 인간의 정혈을 숙주의 암흑투기로 전환시키는 셈이야."

즉, 현재 라피셀이 휘두르고 있는 오러는 전부 마검이 주입한 사악한 기운인 것이다.

여기서 그녀의 천재성이 나오는데, 오히려 마검의 지배를 깨 버리고 암흑투기를 그녀 고유의 오러로 바꿨다는 점이다.

심지어 정신이 나간 상태인데도.

"물론 스스로 쌓아 올린 힘이 아니니 한번 소모하면 다시 채울 순 없겠지만, 당장은 라피셀 자신의 오러처럼 쓸 수 있지. 그래서 저런 위력이 나오는 거고."

카르나크의 설명에 세라티는 한숨을 쉬었다.

그가 뭔 소리를 하고 싶은 건지 짐작이 갔다.

그러니까, 바로스가 오러를 쓸 수 있다면 라피셀과도 싸울 수 있단 소리잖아?

"바로스 경에게 또 제 몸 내주란 말씀이네요?"

웬일로 이번엔 그녀의 짐작이 틀렸다.

"소용없습니다."

바로스는 고개를 저었다.

그가 세라티의 몸을 차지해도 어차피 승산이 없기는 마찬가지였다.

"육체적 격차가 너무 크거든요."

순간 세라티가 발끈했다.

"제가 그렇게 수준이 떨어져요?"

솔직히 납득하기 힘들다.

아무리 상대가 미래에 무왕이 될 정도의 천재라도, 지금은 단련하지 않은 10대 소녀일 뿐이다. 그런데 꾸준히 수련을 해 온 20대의 세라티가 그만도 못하다고?

"그게 아니라, 아무리 제가 남의 몸 다루는 데 익숙해도 자기 몸 다루는 것보다 나을 순 없으니까 그런 거죠."

"아……."

이해가 갔다.

동급의 실력자라면 평소 손에 익은 무기인가 아닌가로도

승패가 갈리는 법이다. 심지어 그게 육체라면 오죽할까?

"그럼 어쩌라는 거예요?"

"도련님이 말했잖아요, 해답은 간단하다고."

영 자신 없는 표정으로 바로스는 분지 저편을 바라보았다.

"저보고 몰래 가서 마검 주워서 써 보라는 소리죠, 뭐."

세라티와의 대화를 떠올리며 바로스는 눈앞의 양수검을 노려보았다.

마검 마레다가 마법의 사슬에 묶인 채 기이한 검명을 흘린다.

웅웅웅웅…….

바로스의 안색이 살짝 굳었다.

'버틸 수 있을까?'

하지만 선택지가 남아 있지 않았다. 이제 믿을 건 이 마검뿐이었다.

아니, 정확히는 사람답게 살면서 이 난관을 타개할 방법이 이것뿐이란 소리이긴 하다.

예전처럼 살 생각이면 달리 할 짓이 많긴 하거든.

"좋아, 간다!"

각오를 다지며 바로스는 손을 뻗었다.

두꺼운 손가락이 마레다의 검 자루를 쥐었다.

화르르륵!

검은 불길이 피어올라 눈앞을 가득 메운다. 살기와 광기가 넘실대며 뇌리를 잠식해 간다.

"하찮은 인간이여……."

천둥 같은 목소리가 귓가 가득 메아리친다.

"어둠의 지배를 받아들여라!"

곧이어 처절한 비명이 울려 퍼졌다.

"으아아아아악!"

닿기만 해도 생명을 거두는 끔찍한 악령들이 허공을 누빈다.

바위조차 쪼개는 파괴의 힘을 머금은 검은 그림자들이 대지를 질주한다.

"캬아아아악!"

"크아아아!"

괴성을 지르며 악령들은 계속해 덤벼들었다.

분지 전체가 사악한 권능으로 들끓고 있었다.

그럼에도, 여전히 라피셀은 티끌만큼의 상처도 입지 않았다.

"카르나크……."

낮은 읊조림과 함께 일검을 떨친다.

자색의 오러가 거대한 칼날이 되어 허공을 덮친다.

한 마리만으로도 신전의 1개 부대가 출동해야 했던 강력한 악령, 레이스가 무려 십여 마리 가까이 한 번에 썰려 사라진다.

"카르나크……."

한 발 내디디며 그림자 무리 사이로 파고든다.

사방으로 오러의 파동이 퍼져 나간다. 빛이 그림자를 지우며 빛의 파문이 대지를 뒤흔든다.

그렇게 길을 연 뒤, 라피셀이 몸을 날렸다.

"……카르나크!"

악령들을 베어 가며 단숨에 술사의 목을 따려는 것이었다.

황급히 세라티가 검을 들어 가로막았다.

"에잇!"

투기검과 투기검이 충돌하며 충격이 전신을 꿰뚫었다.

고통에 세라티가 오만상을 찌푸렸다.

'아, 아그그극!'

그래도 이번엔 비참하게 날려 가진 않았다.

게헤나에서 소환된 지옥의 갑주가 제때 그림자 방패를 펼쳐 남은 충격을 막아 준 것이다.

아픈 와중에도 세라티는 내심 감탄했다.

'와, 이걸 막을 수 있네…….'

새삼 사령술이란 게 얼마나 강력한지 실감이 든다.

문제는, 그럴수록 저 라피셀이란 소녀가 얼마나 센지도 실감이 든다는 점이지만!

"지옥의 권속!"

짐승처럼 으르렁대며 라피셀이 왼손을 뻗었다.

보랏빛 오러탄이 섬광이 되어 세라티의 복부에 작렬했다.

"쿠, 쿨럭!"

오장육부가 뒤집히는 듯한 충격이었다. 피를 토하며 세라티는 또다시 바닥에 나뒹굴었다.

"으으으……."

신음하는 와중에도 새삼 상대에 대한 감탄이 나온다.

'경지에 오른 오러 유저는 투기를 마치 마법이나 화살처럼 멀리 날릴 수 있다더니…….'

그래도 세라티가 분투한 덕분에 악령들이 다시 라피셀의 앞을 막을 여유를 얻었다.

카르나크를 노릴 수 없게 된 라피셀이 분노에 찬 외침을 터트렸다.

"으아아아!"

여신처럼 우아한 검무가 이어진다. 점점 악령들이 녹아내린다.

그 와중에도 기회만 생기면 카르나크를 노린다.

"사령왕!"

잠깐 악령들의 포위에 빈틈이 생겼다. 빠져나온 라피셀이 투기검을 길게 떨쳤다.

"앗!"

이번엔 세라티가 미처 막아 내지 못했다.

섬전 같은 검광이 정확하게 카르나크의 목을 베어 갔다.

놀란 그녀가 입을 벌렸다.

'카르나크 님?'

다행히 카르나크의 목은 떨어지지 않았다.

피도 흐르지 않았다. 그저 통째로 사라져 버릴 뿐.

환각이었다.

분지 여기저기서 여러 명의 카르나크가 하나둘 모습을 드러냈다.

"허억……."

"죽을 뻔했네……."

"대비하길 잘했지……."

다행히 라피셀은 아직 제정신이 아니다. 현혹에 걸리기 쉬운 상태란 의미다.

그리고 환영술과 환각술, 현혹술이라면 카르나크도 일가견이 있다!

카르나크의 환영이 일제히 입을 열었다.

"자."

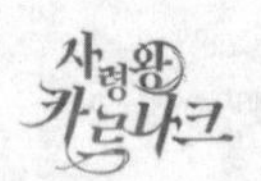

"이제 이대로 바로스가 올 때까지."

"기다리기만 하면!"

떠들어 대던 카르나크 세 놈이 보랏빛 오러에 썰려 사라졌다.

"카르나크……."

누가 진짜인지 구분이 가지 않자 라피셀이 아주 단순한 해답을 내놓은 것이다.

"전부 죽인다!"

오러의 파동이 사방으로 쏘아졌다.

"여기?"

파괴의 고리가 대지에 파도를 일으키며 카르나크까지 일제히 쓸어 간다.

"여기?"

사방팔방으로 폭음이 이어지고 또 이어진다.

"여기?"

놀라운 것은, 그 와중에도 쓰러진 킹스 오더 대원들은 철저하게 챙기고 있다는 점이었다.

혹여 실수로 오러가 그쪽으로 튀기라도 하면, 억지로 공격 방향을 바꿔서라도 절대 폭발에 휘말리지 않도록 하고 있다.

세라티는 내심 감탄했다.

'정신이 나간 상태로도 저 정도라니…….'

비록 적이지만 존경스럽기까지 하다.

대체 얼마나 정의로운 영웅이었기에 저럴 수 있을까?

'그에 비해 이 작자는 정말…….'

한심스러운 눈으로 세라티는 카르나크를 돌아보았다.

그녀의 영혼의 주인께서는 최대한 안전한 장소를 찾아 숨어 있었다.

어디냐고?

쓰러진 킹스 오더 대원 뒤에 쪼그려 앉아 있다.

적의 호의를 철저하게 이용하며, 아군을 고기 방패로 쓰고 있는 것이다.

"……."

[뭐? 왜? 나도 살아야 할 거 아냐?]

얼굴을 붉히는 걸 보니 본인도 부끄러운 줄은 아는 모양이다.

어쨌든, 환영술은 제법 라피셀에게 잘 통하고 있었다.

연신 보랏빛 투기검이 환영을 공격하고, 그때마다 카르나크는 지속적으로 새로운 환각을 만들어 버텨 낸다.

하지만 그래 봤자 임시방편일 뿐이었다. 결국 마력 다 떨어지면 결과는 뻔했다.

계속해 환영술을 펼치며 카르나크가 초조하게 중얼거렸다.

'아이고, 바로스야, 빨리 좀 와라. 나 죽기 전에…….'

세라티가 하소연하듯 물었다.

[저거 대체 언제 힘 다 쓰는 거예요?]

카르나크가 설명하길, 라피셀의 오러는 마검이 주입한 정혈을 다 쓰면 더 이상 추가할 수 없다고 했다.

그런데 어째 힘이 빠진 기미가 전혀 없는 것이다.

이해하기 힘든 일이었다.

킹스 오더 전원이 힘 소모하려고 그토록 차륜전을 펼치지 않았나?

[실은 우리가 힘을 제대로 소모시키지 못한 거였나요?]

카르나크가 맥없이 대꾸했다.

[저게 힘이 빠진 거야…….]

힘 소모시킨 것도 맞고, 지친 것도 맞고, 비축한 오러가 바닥난 것도 맞다.

실제로는 거의 빈사 상태에서 날뛰고 있는 것이다.

[빈사 상태가 저 정도?]

[응.]

[젠장…….]

빈사라기엔 너무나 생생한 모습으로, 라피셀이 더더욱 날뛰어 댔다.

사방으로 투기검을 뿌리고 또 뿌린다. 폭발과 폭연과 악령과 환영이 뒤섞여 혼돈을 일군다.

"……사령왕!"

카르나크는 식은땀을 흘렸다.

예전에 비하면 많이 끌어올렸지만, 여전히 그의 사령력은 그리 높은 편이 아니었다. 슬슬 힘이 바닥을 보이고 있었다.

[사람답게 구는 건 여기까진가? 역시 예전처럼 살아야 하나?]

황당해하며 세라티가 한마디 했다.

[지금까진 사람답게 굴었단 말씀이세요?]

아주 작정하고 사령술 펼치는 데다, 사방에 악령이 가득하고, 어둠의 기운이 펄펄 끓어올라 지옥의 한복판처럼 보일 지경이다.

'그런데 여기서 더 사악하게 굴 수 있단 말이야?'

가능한 모양이었다.

[1대대와 7대대가 죄다 쓰러져 있잖아.]

정의와 명예를 위해 모인 이들이 이렇게나 많다. 심지어 7대대는 카르나크에 대한 깊은 신뢰와 애정도 지니고 있다.

[저거 싹 다 죽여서 영혼 긁어모으면 충분히 상대할 수 있…….]

[네, 여태 사람답게 싸운 거 맞았네요.]

세상에, 저런 악랄한 발상은 떠올려 본 적도 없다. 아예 상상의 저편에 있는 것이다.

뭐, 카르나크도 그럴 마음까진 없었다.

[나도 알아, 하면 안 되는 짓이라는 짓쯤은. 하지만 이대로라면 대책이 없는데…….]

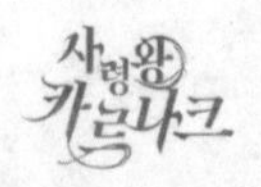

그러던 중이었다.

갑자기 라피셀의 움직임이 멈췄다.

"……."

무표정한 얼굴로 뒤를 돌아보더니 황급히 몸을 날린다.

그녀의 작은 신형이 순식간에 어둠 속을 미끄러진다.

동시에 하늘에서 비가 내렸다.

검붉게 빛나는, 날카로운 섬광의 폭우였다. 수십 자루에 달하는 혈검의 소나기가 쏟아진 것이다.

콰콰콰콰쾅!

무자비한 융단폭격과 함께 한 사내가 모습을 드러냈다.

거대한 양수검을 한 손에 쥔 채 검붉은 오러를 등 뒤로 늘어뜨린 거구의 기사였다.

"다들 살아 있나? 나 아직 안 늦었죠?"

세라티가 반색을 하며 외쳤다.

"바로스 경!"

로드 바로스

드디어, 기다리고 기다리던 원군이 도착했다. 카르나크가 신경질적으로 외쳤다.

"늦었잖아!"

억울한 듯 바로스도 반박했다.

"최대한 서둘렀거든요!"

라피셀은 차분히 상대를 노려보고만 있었다.

"……."

아까처럼 대뜸 공격하지 않는다. 상황이 심상찮다는 것을 본능적으로 느낀 듯하다.

바로스가 쥔 양수검을 보며 세라티가 걱정스러운 어조로 물었다.

"괜찮은 건가요, 저 마검?"

인간을 지배해 살인귀로 만드는 흉악한 마검이었다.

사령왕의 최고 심복이었던 그라도 지금은 평범한 인간.

저 무시무시한 마물의 지배력에 얼마나 버틸 수 있을까?

바로스가 진지한 얼굴로 답했다.

"안 그래도 집중하고 있어요."

실제로 마검의 힘을 다루는 것은 꽤나 까다로운 일이었다.

자칫 정신 집중이 풀리기라도 하면 밸런스가 깨져 버린다!

'윽? 또 실수했다!'

마검 마레다에서 요란한 비명이 터졌다.

"으아아아악!"

동시에 칼날을 통해 희뿌연 악령이 모습을 드러냈다.

"으아! 으아! 으아아!"

정신없이 난동을 부리며 어떻게든 칼에서 도망치려고 발버둥을 친다.

마치 물에 빠져 허우적대는 익사자 같은 몰골이었다.

"또 난리네, 이거."

인상을 팍 쓰며 바로스는 검을 털었다.

"어딜 가? 못 가."

검은 기류가 피어올라 악령을 붙잡고 칼 속으로 빨아들인다.

마치 지옥으로 끌려가는 듯한 모습이다.

“캬아아아아악!”

단말마의 비명을 남기며 악령이 도로 사라진다.

“조금만 방심하면 자꾸 성불하려고 한단 말이야, 악령 주제에.”

세라티는 멍한 표정을 지었다.

‘아, 그 비명이 재 비명이었어?’

과연 그 주인에 그 시종이었다.

바로스도 카르나크와 마찬가지로 ‘심연’ 쪽인 것이다.

새삼 자신의 운명이 얼마나 기구한지 실감이 든다.

어쩌다 악령조차 도망 못 쳐 안달인 인간들과 함께 다니게 되었을까?

황당해하는 세라티를 향해 바로스가 전언을 날렸다.

[도련님 호위를 부탁드립니다, 세라티 경.]

[아, 네!]

정신을 차린 세라티가 카르나크에게 달려갔다.

바로스가 마검 마레다를 들어 라피셀을 겨누었다.

“오랜만입니다, 라피셀 경.”

웅웅웅웅!

칼날을 통해 검붉은 투기가 불길한 빛을 발한다. 마검의 권능을 통해 끌어낸 암흑투기다.

"우리가 딱히 만나서 반가울 사이는 아니지만……."

라피셀은 이 암흑투기를 제대로 다루지 못해 자신의 오러로 바꾼 후에야 제대로 힘을 썼다.

하지만 그는 오히려 이쪽이 전공이지.

"이렇게 된 이상 최선을 다해 보지요."

잿빛 머리의 소녀가 표정을 일그러트렸다.

"로드 바로스……."

푸른 눈동자 가득 살기가 떠오른다. 보랏빛 투기가 넘실거리며 전신에 맺힌다.

"저주받을 사령왕의 개!"

증오 가득한 외침이 허공을 떨쳐 울렸다.

잿빛 머리의 소녀가 세상을 수직으로 내리긋는다.

땅을 박차며 거구의 기사가 올려 치기로 반격한다.

두 줄기 투기검이 허공에서 충돌했다.

파지지직!

공기가 깨지는 듯한 굉음이 일었다. 빛의 회오리가 사방으로 퍼져 나갔다.

"윽!"

"커억!"

둘 다 신음을 흘리며 뒤로 물러섰다.

첫 번째 격돌은 무승부.

속도, 타이밍, 오러의 파괴력까지 모든 면에서 박빙이었다.

지켜보던 카르나크가 속으로 중얼거렸다.

'역시 바로스가 마검을 쓰면 지금 상태로도 저 정도 위력은 나와 주는군.'

순수한 마검의 능력만으로는 절대 저 정도 효율이 나오지 않는다.

기껏해야 바위 몇 개 쪼개고 남은 혈정 동났겠지.

"죽인다!"

날카로운 외침과 함께 라피셀이 재차 참격을 날렸다.

빛의 칼날이 시야를 희롱하며 어지럽게 나부꼈다.

하지만 바로스는 넘어가지 않았다.

'속기엔 이 기술을 너무 많이 당했어, 내가!'

번쩍이는 검광은 무시하고 검의 흐름 자체에 집중한다. 차분하게 날아드는 칼날을 비껴 내며 곧바로 쳐올린다.

타탕!

충돌과 함께 칼날의 공방이 이어졌다.

불꽃이 튀고 또 튀었다. 들풀이 날아올라 박살 나고 대기가 찢어져 울부짖었다.

우르르릉!

두 마리 야수가 예리한 살의로 서로를 노리며 한 치의 빈틈도 보이질 않는다.

둘 다 호흡이 점점 가빠진다.

"하악, 하악……."

"헉헉……."

흐트러진 호흡을 가다듬을 필요가 있었다.

바로스가 뒤로 물러서며 마검으로 대지를 내려쳤다.

'일단 숨 좀 돌리자!'

검붉은 오러의 파도가 땅을 부수며 타고 흘렀다.

그가 애용하던 원거리 투기술, 섀도우 클로였다.

그러자 라피셀도 대지를 내리치며 오러 웨이브를 날려 맞받아쳤다.

날아든 양쪽의 투기가 뱀처럼 얽혀 폭발했다.

콰콰콰콰쾅!

지켜보던 카르나크의 표정이 살짝 풀렸다.

'호오?'

라피셀은 10미터 이상 뒤로 밀려났다. 반면 바로스는 제자리에 꿋꿋이 서서 호흡을 고르고 있다.

'그래도 우리가 힘을 많이 빼 놓긴 했었구만.'

당연한 이야기였다.

무려 해 질 녘부터 내내 싸워 온 그녀다.

마검의 지배 상태에서도 킹스 오더 전원을 상대했고, 지배에서 벗어난 후에도 한참을 싸웠다. 당연히 탈진 직전이겠지.

그렇다고 바로스가 썩 유리한 것만도 아니다.

마검 마레다는 진작 거덜이 난 상태였다. 남은 정혈 자체가 얼마 없었다.

그걸 박박 긁어모아 겨우 끌어낸 것이 지금 바로스가 구사하는 암흑투기다.

얼마 없는 힘을 최대한 효율적으로 압축해서 쓰고 있을 뿐인 것이다.

'이럴 줄 알았으면 평소에 바로스용 암흑투기를 미리 모아둘 걸 그랬나? 하지만 그랬다간 예전처럼 사는 게 되고…….'

암흑투기는 공짜가 아니다.

적어도 100여 명은 족히 죽여야 바로스에게 줄 정도의 투기를 모을 수 있다.

'하여튼 눈앞의 위기부터 넘기고 봐야겠다.'

그는 차분히 남은 사령력을 끌어내기 시작했다.

'저 정도로 지쳤으면 슬슬 이 수법이 통하겠지.'

라피셀의 정체를 알고 나니 몇몇 의문은 풀렸다.

왜 카르나크를 보자마자 비명을 지르며 도망쳤나?

그녀가 당한 일을 떠올리면 전혀 이상할 게 없다. 영혼이 난도질을 당했는데 오죽 공포스러웠을까?

그럼 나중엔 어째서 죽이려고 덤벼들었나?

마검 마레다에서 해방되었기 때문이다.

지배당한 상태일 땐 사령왕에 대한 공포를 이겨 낼 정도의 정신력이 없었다.

지배에서 벗어난 이후에나 분노로 공포를 누를 수 있게 된 것이다.

월러스와 버릭이 죽었을 때 왜 그리 주변이 깨끗했나? 어떻게 성직자는 물론이고 카르나크조차도 아무런 어둠의 기운을 느끼지 못했나?

그냥 어둠의 힘을 쓰지 않았기 때문이다.

라피셀이라면 마검의 암흑투기가 없어도 타고난 재능과 증폭된 육체 능력만으로 저 둘쯤은 참살할 수 있는 것이다.

다만 그 후에도 풀리지 않는 의문이 남아 있었다.

마검에 지배되었을 때 라피셀은 실로 이상한 방식으로 7대대 대원들을 노렸다.

카르나크와 가까이 서 있던 순서대로 목숨을 노린다는, 도무지 이해할 수 없는 행동을 보였다.

게다가 그녀답지 않게 죄 없는 사람을 집요하게 죽이려 들기도 했다.

라피셀의 영혼을 자세히 살펴보고 나서야 해답을 알았다.

'저것도 내 업보구만, 에휴.'

카르나크는 라피셀의 영혼과 육신을 세 갈래로 찢어 고문한 뒤 네크로피아의 관문을 지키는 문지기로 삼았다. 그리고 저마다 적절한 명령을 심어 놓았다.

인간의 영역을 최대한 경계해야 하는 동문의 스켈레톤 병사가 된 그녀에겐 이렇게.

–접근한 인간들은 모조리 죽여라.

평소 사용하는 주요 관문인 서문의 플레시 골렘이 된 그녀에겐 이렇게.

–오직 사령왕의 최측근들만이 이 문을 지나갈 수 있다.

다양한 이들이 드나드는 남문의 리빙 아머가 된 그녀에겐 이렇게.

–피아를 선별해, 적의를 가진 자의 앞을 막아라.

여기에 원래 라피셀이 지닌, 사령왕에 대한 극도의 증오와 분노도 있다.

—죽여 버리겠다, 카르나크! 반드시 죽여 버리겠어!

이게 죄다 뒤섞이며 대차게 꼬인 것이다.

—접근한 인간들은 오직 사령왕의 최측근들, 피아를 선별해 앞을 막아 죽여 버리겠다, 반드시 죽여 버리겠어!

실로 개판 그 자체라 하겠다.

이 사실을 깨달으니 사태를 해결할 방법도 보였다.

'그녀의 영혼을 다시 합쳐 버리면 저 광기도 가라앉겠지.'

물론 완전히 정상으로 되돌리면 또 안 된다. 그랬다간 무왕으로 부활한 라피셀에게 맞아 죽는다.

'영혼을 치유하는 과정에서 기억을 무의식 안쪽으로 완전히 가라앉혀 버려야 해.'

이러면 모든 기억이 봉인되니 증오와 분노도 남아 있지 않을 터.

술법을 전개하며 카르나크가 양손으로 인을 그렸다.

"고통받는 영혼이여, 피안의 명왕이 그대를 인도하노니……."

바닥에 어둠의 마법진이 그려져 음산한 기운을 풍기기 시작했다.

동시에 안개 같은 입자가 퍼져 나가 라피셀의 주위로 향했다.

적의가 없어서인지 그녀는 딱히 피하려 하지 않았다. 아예 인식조차 하지 못한 듯 바로스만 노려보고 있었다.

카르나크의 주문이 이어졌다.

"안식의 길을 따라 평안의 장에 들지어다……."

검붉은 투기와 보랏빛 오러가 허공에서 얽혔다.

파지지직!

전격이 튀며 두 그림자가 양쪽으로 튕겨 나왔다.

마검 마레다를 든 바로스와 평범한 장검을 쥔 라피셀이었다.

"후우, 후우……."

"하아아……."

가쁜 숨을 내쉬며 서로를 노려본다.

바로스의 어깨, 라피셀의 허벅지가 붉게 물들어 간다.

피는 금방 멎었다. 오러 운용이 경지에 오른 이들은 투기만으로도 지혈 정도는 간단히 할 수 있는 것이다.

물론 지혈이 되었다고 상처까지 아문 것은 아니다.

'으, 움직이면 다시 터지겠군, 이거.'

내심 초조해하며 바로스는 등 뒤를 힐끔거렸다.

'뭔가 열심히는 하시는데…….'

아까부터 강렬한 사기가 느껴지고 있었다.

'왜 이리 오래 걸리시나?'

명색이 왕년의 사령왕이다. 사령력이 모자라서 아예 못 하면 모를까, 일단 사용 가능한 경우라면 익숙할 대로 익숙할 터.

계속 라피셀을 경계하며 바로스가 슬쩍 전언을 던졌다.

[도련님, 아직 멀었어요?]

[조금만 더 버텨!]

꽤나 다급한 대꾸였다. 상당히 집중하고 있는 것이 분명했다.

[뭐 하시는 중인데요?]

[라피셀 기억 봉인!]

[그게 이렇게나 오래 걸릴 일이에요?]

[안 하던 짓 하려니 힘들어!]

더더욱 이해가 가질 않았다.

기억 조작이 안 하던 짓이라니? 세상의 욕이란 욕은 다 먹어 가며 뻔질나게 하던 짓거리가 아닌가?

변명하듯 카르나크가 외쳤다.

[라피셀의 영혼을 치유 중이라서 그래! 내가 너 말고 딴 사람을 치료한 적이 있어야지!]

그렇다.

영혼을 뭉개고 박살 내며 기억을 지우는 건 참 쉽다. 그건 만날 하던 짓이다.

그런데 영혼을 보듬어 안고 조심스럽게, 적대적인 행위를 피해 안전하게 치료하며 기억을 잠재운 적은 단 한 번도(!) 없는 것이다.

[아으, 평소에 좀 착하게 살걸…….]

낑낑대는 카르나크를 보며 세라티는 새삼 놀랐다.

[웬일로 그런 착한 짓을 다 하세요?]

설마 죄책감이라도 느낀 걸까? 그래서 자신의 목숨이 걸렸음에도 라피셀의 영혼을 구하려 하는 것일까?

그럴 리가 있나.

[적의나 살의를 느끼면 바로 반격 들어올 테니까! 최대한 살살 구슬려서 치료받게 만들어야 해!]

현재 카르나크의 힘으로 라피셀의 영혼을 지배 혹은 세뇌하는 건 불가능하다. 그러기엔 그녀의 정신력이 너무 강하다.

하지만 찢어진 영혼을 치유하는 건 가능했다.

이는 적의가 아니라 호의 쪽이니까.

라피셀의 본능이 허용하는 영역이다.

말하자면, 날뛰는 맹수를 최대한 어르고 달래서 약 먹이는 것과 비슷한 상황인 것이다.

[그러니까 조금만 더 버텨!]

[저야 뭐, 어떻게든 버틸 수 있을 것 같습니다만…….]

불안한 눈으로 바로스는 손에 쥔 양수검을 내려다보았다.

칼날 사이로 힐끔힐끔 검의 악령이 모습을 드러낸다.

비쩍 마른 것이 마치 미라 같다. 이미 정혈은 다 빨아먹혔고, 영기까지 간당간당한 상태인 것이다.

[얘가 못 버틸 것 같아서 말입죠.]

호흡을 고른 라피셀이 다시금 두 눈을 붉게 물들였다.

"……죽인다, 사령왕의 개!"

자색의 검풍이 쉴 새 없이 바로스를 몰아붙인다. 요란한 금속음이 연신 울려 퍼진다.

정신없이 막고 피하며 그는 이를 갈았다.

'여전히 피곤한 스타일이구만.'

기술적, 경험적인 면에서 바로스가 라피셀에게 뒤처지진 않는다.

투기량에서도 그리 큰 차이는 없다. 둘 다 마검 마레다에서 얻은 기운을 간신히 펼치고 있을 뿐이니까.

심지어 체급은 월등히 앞선다.

지금의 바로스는 좋은 것만 챙겨 먹으며 성실히 단련한 한창때의 젊은 몸이다.

반면 라피셀은 아직 어린 소녀일 뿐, 따로 단련을 한 적도 없으며 영양 보급 역시 썩 좋다고는 할 수 없다.

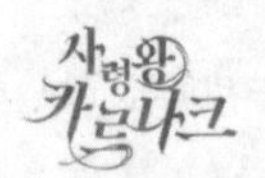

육체적인 면에서는 압도적으로 우위에 있는 것이다.

그럼에도 밀리는 건 바로스 쪽이었다.

“사령왕의 개!”

절규하듯 내지르며 라피셀이 투기검을 사선으로 그었다.

“죽인다아아!”

얼핏 단순한 일격으로 보이지만 바로스는 방심하지 않았다.

저 단순해 보이는 궤도가 찰나의 순간 얼마나 기묘하게 바뀌는지 그는 잘 알고 있었다.

‘이번엔 또 어느 쪽이지?’

경험을 통해 상대의 공세를 예측하며 빈틈을 찾아낸다.

왼발을 내밀어 파고들며 찌르기로 응수!

“윽!”

피를 본 건 바로스 쪽이었다.

그의 찌르기는 라피셀을 스치듯 지나갔지만, 그녀의 사선 베기는 정확히 바로스의 어깨를 베어 냈다.

어깨에서 극통이 느껴진다. 물러나며 바로스는 이를 악물었다.

‘또 맞았어, 젠장.’

저게 문제였다.

다른 무왕들조차 감탄해 마지않던 라피셀의 가장 큰 장점.

배우지 않아도 알아서 잘하고, 경험이 없어도 스스로 정답을 찾아내는 저 어마어마한 전투 센스를 따라잡을 수가 없다.

'예전엔 그나마 할 만했는데…….'

사실 전투 센스만으로 강함이 결정되진 않는다.

배우지 않아도 알아서 잘한다고? 경험이 없어도 정답을 찾는다고?

이는 반대로 말하면, 열심히 배우고 경험을 쌓을 경우 충분히 따라잡을 수 있단 소리다.

그래서 암흑투기가 충만했던 데스 나이트 로드 바로스는 무왕 라피셀을 능가할 수 있었다.

익힌 검술과 경험으로 모자란 전투 감각을 대체할 수 있었으니까. 거기에 압도적인 육체 능력이 있었으니까.

그런데 지금은 투기가 너무 부실하다. 익힌 검술과 경험을 제대로 펼칠 수가 없다. 아무리 체급적인 우위가 있어도 점점 밀리게 된다.

연이은 공세로 바로스의 신체가 붉게 물들어 갔다.

"윽! 크윽! 윽!"

보다 못한 세라티가 나섰다.

투기검을 휘두르며 라피셀의 배후를 노린다.

[저도 가세할게요, 바로스 경!]

라피셀도 바로 반응했다. 초승달 같은 검투기가 세라티를 후려갈겼다.

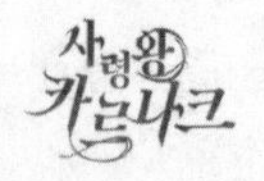

콰앙!

충격을 흘리며 세라티는 자세를 바로잡았다.

아까는 바로 튕겨 나가 물수제비가 된 그녀였다. 그러나 이번에는 용케 공세를 비껴 냈다.

'좋아! 이젠 할 만해!'

여태까진 감히 끼어들 상황이 아니었다.

하지만 이젠 라피셀도 지칠 대로 지친 상태인 것이다. 그럭저럭 레드 나이트 수준으로도 버틸 만하다.

무엇보다 지옥에서 소환한 갑주가 크게 도움이 되었다.

문득 의아해진 세라티가 물었다.

[이 갑주, 이렇게나 좋은데 왜 바로스 경은 안 써요?]

바로스가 쓴웃음을 지었다.

[전 그거 못 써요.]

[왜요?]

[갑주가 도망가요.]

[……네?]

뭔 소린가 의아해하는데, 바로스가 마검 마레다를 가리켰다.

[얘랑 같은 계열이거든요.]

말인즉슨, 지옥의 갑주도 마검처럼 인간을 숙주로 만들어 영혼을 갉아먹는 물건이란 소리다.

[잠깐, 그럼 제 영혼은 지금 어떻게 되고 있는 건데요?]

바로스가 슬그머니 시선을 피하며 라피셀에게 덤벼들었다.

“타아아앗!”

더더욱 불안해진다. 왜 갑자기 딴청을 피우는 건데?

[저기요, 바로스 경?]

[괜찮아요. 도련님이 잘 처리해 주실 거예요.]

[……뭘 처리한다는 거예요?]

울상을 짓는 와중에도 세라티는 계속 투기검을 휘둘러 댔다. 어쨌든 눈앞의 라피셀을 상대하는 것이 급선무였다.

둘이서 협공을 하니 상황이 호전되기 시작했다. 라피셀의 표정이 점차 일그러졌다.

“윽! 으윽! 크윽!”

카르나크의 눈에 생기가 돌았다.

‘둘 다 잘하고 있군!’

이제 조금만 더 파고들면 그녀의 영혼에 닿을 수 있을 터였다.

그때였다.

라피셀의 일검이 마검 마레다의 칼날을 강타했다.

굉음과 함께 비명이 이어졌다.

“아아아아아!”

라피셀이나 바로스, 세라티가 낸 소리가 아니었다. 마검 마레다 자체에서 소리가 흘러나온 것이다.

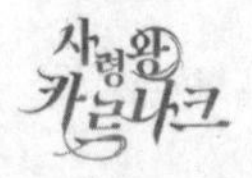

칼날 위로 검고 투명한 인간 형상의 뭔가가 두둥실 떠올랐다.

"하아아아……."

묘하게 만족스러운 듯한 얼굴로 검의 악령이 대지에 녹아들기 시작한다.

세라티가 눈을 깜빡였다.

"뭐, 뭐예요?"

바로스가 울상을 지었다.

"아, 이놈 결국 지옥으로 가 버렸네."

라피셀의 투기검이 시야를 희롱하며 날아든다.

"로드 바로스!"

뒤로 뛰며 바로스는 바닥을 굴렀다.

타이밍이 실로 적절해 완벽하게 피할 수 있었다.

그렇다.

스치거나 한 게 아니라 확실하게 피했다.

그런데도 충격파에 휘말려 가랑잎처럼 날려 간다!

"우에에엑!"

곰 같은 거구가 여우처럼 땅 위를 통통 튀었다.

추가타를 막기 위해 세라티가 황급히 라피셀의 뒤를 노렸다.

“에잇!”

라피셀도 검의 방향을 바꿨다.

투기검이 서로 충돌해 굉음을 냈다.

비틀거리며 물러난 세라티가 식은땀을 흘렸다.

[어, 어쩌죠, 이제?]

암흑투기를 쓰지 못하는 바로스는 더 이상 도움이 되지 못한다. 이젠 그녀 혼자서 라피셀을 상대해야 하는 것이다.

난처해하며 세라티가 전언을 보냈다.

[지금이라도 제 몸, 드릴까요?]

[어, 뉘앙스가 참 이상하긴 한데요, 그거…….]

물론 그녀의 의도는 지금이라도 자신에게 빙의하는 게 어떠냐는 것이다.

[이미 늦었어요.]

바로스는 고개를 저었다.

[하려면 아까 했어야죠.]

이미 카르나크는 사령술 준비에 들어갔다.

빙의를 시도하면 지금껏 펼친 술법을 멈춰야 하는데, 그럼 또 처음부터 다시 시작이다. 오히려 더 불리해지는 것이다.

이젠 빈껍데기가 된 마검을 노려보며 바로스가 오만상을 찌푸렸다.

“악령 주제에 왜 이렇게 근성이 없어? 조금 노려봤다고 그걸 못 버티냐?"

둘을 번갈아 노려보던 라피셀이 갑자기 웃음을 터트렸다.

"아하하하!"

그리고 바로스에게 달려들었다.

당연했다. 둘 중 어느 쪽이 더 원한이 깊을지는 뻔하니까.

바로스도 응수에 들어갔다.

이젠 더 이상 마검이 아닌, 그냥 양수검을 움켜쥐며 암담한 표정을 짓는다.

'젠장, 이거 감당이 되려나?'

차분한 찌르기와 베기를 연환하며 정교한 검술을 펼친다.

극히 실전적이면서도 이치에 조금도 어긋나지 않는 최고위 검술이 라피셀의 사방을 점유한다.

그리고, 그냥 대충 휘두른 횡 베기에 송두리째 날아가 버렸다!

"크!"

충격이 칼날을 타고 올라 양팔을 마비시킨다.

바로스가 울상을 지었다.

'역시 안되는구나…….'

광소를 터트리며 라피셀이 그의 정수리에 참격을 내리쳤다.

"아하하하!"

다행히 바로스가 먼저 피했다.

살기가 진해도 너무 진했기에 선수를 칠 수 있었다.

하지만 곧바로 휘어져 들어오는 미들킥까지는 어쩔 수 없었다. 그냥 공세의 연환 자체가 너무 빨랐다.

'아, 알면서도 못 피하겠……'

퍼억!

간신히 자세를 잡은 그의 오른쪽 팔이 축 늘어진다.

최대한 비껴 맞았는데도 한 방에 두꺼운 팔근육이 마비된 것이다. 당분간 이 팔은 쓸 수 없게 되었다.

'이대로라면 죽겠어!'

바로스는 다급히 카르나크를 불렀다. 이제 믿을 건 그밖에 없었다.

"도련님!"

"조, 조금만 더!"

"그럴 여유가 없다니까요, 이젠!"

정말 여유가 없다. 전언이 아니라 육성으로 악을 쓸 정도로.

비틀대는 바로스를 대신해 세라티가 덤벼들었다.

"피해요, 바로스 경!"

우선 라피셀의 정면으로 돌진, 머리 치기로 시선을 빼앗은 뒤 허리 베기를 시도한다.

기초적인 검술이지만 실전에서 잘 먹히는 수법이기도 하다.

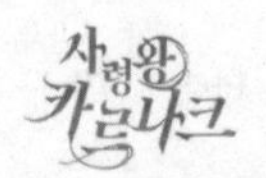

물론 라피셀에게 통할 정도는 아니었다.

"지옥의 권속!"

간단히 피한 뒤 라피셀이 좌우 참격을 날렸다.

순간 세라티가 눈을 빛냈다. 이걸 노리고 일부러 기초적인 수법을 썼다.

'지금이다!'

참격을 무시하며 그녀는 오히려 찌르기로 응수했다.

갑옷의 방어력을 믿은 것이었다.

비록 부상은 입겠지만 죽지는 않을 것이란 판단이었다.

하나 그조차도 라피셀의 예상 내였던 모양이다.

키득…….

비웃음과 함께 그녀가 앞차기를 날렸다.

발끝으로 검 면을 걷어차 찌르기를 위로 튕겨 낸다. 이어서 매서운 돌려 차기로 세라티의 옆구리를 노린다.

콰앙!

폭음과 함께 진홍빛 파편이 사방으로 튀었다.

눈이 뒤집힐 것 같은 고통 속에서 세라티가 비명을 터트렸다.

"아, 아으윽!"

흐릿해지는 정신을 애써 움켜쥐며 그녀는 치를 떨었다.

'뭐가 이리 아파? 저렇게 덩치도 조그만데?'

신장 150센티미터가 채 안 되는 작은 소녀가 맨발로 지옥의 갑주를 쳤는데, 발은 멀쩡하고 갑옷이 박살 난 것이다.

놀랍다 못해 이해가 안 가는 수준의 오러 운용 능력이었다.

비틀대는 와중에도 바로스는 새삼 혀를 내둘렀다.

'예전부터 그랬지만, 진짜 재능 하나는 천부적이네…….'

지금의 라피셀은 정상이 아니다.

기억은 엉망에 영혼은 너덜너덜한 상태.

그럼에도 마검의 암흑투기를 완벽하게 자신의 오러로 바꿔 쓰고 있는 것이다.

'누가 가르쳐 준 것도 아닐 텐데 전투 감각만으로 저런 짓이 가능하다니…….'

새삼 감탄하던 중이었다.

"음?"

그러니까 지금 라피셀은 누가 가르쳐 준 것도 아닌데…….

"어?"

자신의 것이 아닌 투기를 스스로의 것으로 바꿨단 소리?

"……아!"

바로스의 눈동자에 희미한 빛이 번뜩였다.

추가타가 계속 들어온다. 금이 간 지옥의 갑주 위로 무자비한 펀치와 킥, 참격의 융단폭격이 이어진다. 점점 전신이 피투성이로 변한다.

"악! 으윽! 큭! 아윽!"

세라티의 목숨이 간당간당하기 직전이었다.

콰아아앙!

갑자기 폭음과 함께 라피셀의 작은 몸이 뒤로 튕겨 났다.

붉은 섬광이 날아들어 그녀를 강타한 것이다.

"……오러?"

놀라 세라티는 뒤를 돌아보았다.

거구의 기사가 양수검을 겨누며 붉은 빛을 피워 올리고 있었다.

암흑투기가 아니라 불꽃처럼 선명하게 이글거리는 투기검.

확실했다.

순수한 오러였다.

"바로스 경? 설마 각성한 거예요?"

그것도 하필 이렇게나 타이밍 좋게? 대체 어떻게?

"설명하자면 좀 길고……."

세라티를 뒤로한 채 바로스가 앞으로 나섰다.

"일단은 이 자리부터 정리합시다!"

나가떨어진 라피셀이 도로 자세를 갖추고 덤벼들었다. 바로스도 차분하게 검을 휘둘러 맞섰다.

투기와 투기가 충돌했고, 이번엔 바로스가 밀리지 않았다.

찬란한 붉은 오러를 휘두르며 그는 묘한 표정을 지었다.

'이런 느낌인가?'

언제나 타인의 기운만을 써 왔다. 한 번도 자기 자신의 투기를 직접 써 본 적이 없었다.

'뭐랄까, 굉장히 신기한 기분이군, 이거.'

점점 라피셀이 밀리기 시작한다.

아무리 그녀가 하늘이 내린 천재라도, 이젠 진짜 남은 게 없을 정도로 지친 것이다.

그에 비해 바로스는 아직 여력이 있다.

아니, 정확히 말하면 여력이 아니라 새로운 힘이 생겼다고 해야겠지.

"자, 이제 좀 쓰러지시지!"

한번 기운 천칭은 다시 바뀌지 않았다.

바로스의 투기검이 라피셀의 장검을 베어 냈다. 찬란하던 그녀의 보랏빛 오러가 빛을 잃어 갔다.

그 상태로 어린 소녀의 목뒤를 붙잡고 강하게 땅에 내려친다!

쿵!

그렇게 라피셀을 억누르며 바로스가 재차 외쳤다.

"아직도 멀었어요, 도련님?"

"끝났어!"

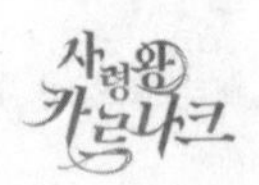

정확히는, 내내 저항하던 라피셀의 영혼이 저 일격 덕분에 완전히 무너졌다는 것이 옳았다.

카르나크가 마지막 쐐기를 박았다.

"고통의 업이여, 안식의 어둠 아래 잠들어라!"

어둠의 기둥이 라피셀을 내리찍었다. 그녀가 외마디 비명을 질러 댔다.

"아아아아아!"

그러더니 이내 축 늘어진다.

그녀의 코에 손가락을 가져가 호흡을 확인한 뒤 바로스가 안도의 한숨을 쉬었다.

"다행히 숨은 붙어 있구만."

다가가며 카르나크가 어이없다는 듯 물었다.

"야, 바로스, 너 어떻게 된 거냐? 그 오러는 뭐야?"

시공 회귀를 한 후, 바로스는 스스로 오러를 각성하지 못해 곤혹을 치렀다.

단순히 오러를 각성한 경험이 없어서만은 아니었다.

그냥 처음부터 다시 시작하는 것이라면 차라리 쉬웠으리라. 머릿속에 여전히 전생 때 수집한 수많은 무술서들이 가득했으니까.

하지만 지금의 그에겐 아무 소용이 없었다.

항상 남의 힘, 남의 투기만 써먹었으니 습관이 단단히 잘

못 들었다. 영혼의 속성 역시 상당히 변질된 상태였다.

투기를 운용하는 방식은 오러 유저의 그것이었지만, 그 투기를 체내에 쌓는 방식은 사령술사에 더 가까운 것이다.

이미 변질되어 버린 그에게는 다른 각성법이 필요한데, 그걸 써 놓은 무술서는 단 하나도 없다.

그래서 예전 카르나크에게도 말하지 않았던가?

남들과 다른 길을 걸으면 이게 문제라고. 문제 생겼을 때 참조할 것이 없다고.

"그런데, 눈앞에 그런 케이스가 있더라고요."

바로스가 쓰러진 라피셀을 바라보았다.

마검의 지배에서 해방된 그녀는 암흑투기를 자신의 오러로 완벽하게 변환해 사용할 수 있었다.

남의 투기를 이용하는 입장에서 자신의 오러를 이용하는 입장으로 바꿨단 의미였다.

남의 힘을 움직이던 감각에서 그걸 자신의 힘으로 바꾸는 감각이기도 했다.

정확하게 바로스가 원하는 바로 그 운용법인 것이다.

세라티가 놀랍다는 듯 물었다.

"그걸 한 번 보기만 해도 따라 할 수 있어요?"

"저기요, 제가 지금은 이 모양이긴 해도 왕년엔 꽤 잘나갔거든요!"

바로스는 어깨를 으쓱였다.

"숙련도라든가 정밀도는 비교가 되지 않겠지만 기술의 요체라든가 핵심, 개념 같은 거야 대충 이해가 가죠."

경지에 오른 오러 유저라면 남의 기술을 보기만 해도 어느 정도 재현할 수 있다.

하물며 무왕급이라면 오죽할까?

물론 바로스 말대로 숙련도 등이 극히 떨어지니 기술을 훔쳤다거나 할 정도는 아니겠지만 지금 중요한 건 방법을 깨달았다는 점.

일단 방향성을 잡았다면 이후엔 수행과 노력의 영역이다.

새삼스러운 눈으로 라피셀을 내려다보며 바로스는 혀를 찼다.

"개념을 잡고 나면 그렇게까지 어려운 것도 아닌데, 발상을 못 떠올리겠단 말이죠. 이게 천재와 범인의 차이인가?"

카르나크가 고개를 끄덕였다.

"여하튼 잘된 일이네. 지금 수준은 어느 정도야?"

"대충 이 정도?"

바로스가 손가락을 들었다. 검지에 붉은 오러가 잠깐 맺혔다 사라졌다.

카르나크가 인상을 썼다.

"뭐야? 블루 나이트도 못 되냐?"

"힘주면 될걸요."

순간 검지가 푸른 빛으로 타올랐다. 그리고 이내 도로 붉은색으로 돌아왔다.

"아, 역시 잠깐뿐이네. 뭐, 앞으로 노력해야죠."

도무지 이해가 안 간다며 세라티가 투덜거렸다.

"그러니까, 왜 힘주면 경지가 올라가는 건데요? 어떻게 그게 가능한 거예요?"

"이건 말로 설명할 수 있는 게 아니라서요."

세라티의 수준이 높아지면 굳이 설명 안 해도 이해가 갈 것이고, 수준이 되지 않으면 백날 떠들어 봐야 이해를 못 할 것이다.

피곤한 듯 오러를 도로 풀며 바로스가 말을 이었다.

"그래도 제가 이 부분에선 라피셀 경보다 낫네요. 그녀는 전부 소진해 버린 듯하니."

둘 다 엄밀히 말하면 스스로의 힘으로 오러를 각성한 건 아니다. 마검의 암흑투기를 변환시켰을 뿐이지.

다만 바로스는 그 오러 중 일부를 자기 것으로 바꿔 저장할 수 있었다.

기운을 담는 그릇의 차이 덕분이었다.

라피셀의 그릇이 아름답고 우아한 크리스털 술잔이라면, 바로스의 그릇은 뚝배기라고나 할까?

둔하고 두껍고 투박하지만, 그만큼 튼튼하고 안정적이다.

"앞으로 이걸 밑천 삼아서 열심히 불리면 되지 않을까 싶은데……."

중얼거리다 말고 바로스는 주위를 둘러보았다.

어느덧 밤이 깊었다. 어둠이 사방에 깔려 있다.

그 칠흑 속에 널브러진 수십 명의 킹스 오더들.

그들은 여전히 혼절 상태를 벗어나지 못하고 있었다.

바로스가 난처해하며 물었다.

"그나저나 저 친구들은 어쩐다죠?"

분지를 떠난 카르나크 일행은 일단 기존의 야영지로 돌아왔다. 그리고 라피셀을 천막 안쪽에 곱게 눕혀 놓았다.

혹시 모르니 묶어 놓거나 해야 하지 않느냐는 세라티의 말에 두 사람이 반대 의견을 냈다.

"내 사령술이 제대로 먹혔다면 모든 기억이 봉인되었을 터, 굳이 묶어 놓지 않아도 아까 같은 힘은 쓰지 못할 거야."

"도련님의 사령술이 제대로 먹히지 않았다면 도로 아까처럼 날뛴단 소린데, 그럼 대체 뭘로 묶어 놓을 수 있겠어요? 쇠사슬로 묶어도 쉽게 끊어 버릴걸요."

이러나저러나 마찬가지라면 몸이라도 편하게 해 주는 게 나은 것이다.

"이쪽이 나중에 정신 차렸을 때 조금이라도 더 호감을 얻을 수 있겠지."

그렇게 라피셀을 침낭에 넣어 두었으니, 이번엔 쓰러진 킹스 오더를 챙길 차례였다.

지켄이며 트리브 등을 염동 마법으로 옮기며 카르나크가 말했다.

"이 양반들도 천막에 눕혀 주자."

마찬가지로 어깨에 킹스 오더 대원 하나씩 얹고 바로스도 걸음을 옮긴다.

"이대로 눕혀 놨다간 감기 걸리겠죠?"

"야, 우리가 다른 사람 건강까지 생각하다니!"

"정말 훌륭한 사람이 된 기분인데요!"

시시덕거리는 둘을 보며 세라티가 눈을 흘겼다.

"……참으로 훌륭하시네요, 거참."

물론 그녀도 열심히 대원들을 나르고 있었다.

그렇게 한참 나르다 말고 세라티가 의아해했다.

"그런데 어쩜 이렇게 안 깨어나죠?"

이들이 기절한 지도 벌써 상당한 시간이 지났다.

"이거 진짜 기절한 거 맞아요? 사실은 크게 잘못되었다거나……."

사실 인간이 이렇게까지 오래 기절하는 일은 잘 없는 것이다. 정상적인 상황이라면 말이지.

카르나크와 바로스가 당연하다는 듯 되받아쳤다.

"농담인 줄 알았어, 마취란 표현이?"

"진짜 마취예요, 이거."

알고 보니 라피셀은 단순히 강하게 상대를 타격해 충격으로 기절시킨 것이 아니었다.

"신경계에 바늘 같은 오러를 침투시켜 마비시키는 방식이니까요."

세라티가 눈을 깜빡였다. 또 이상한 소리를 들은 기분이었다.

"……그게 사람이 할 수 있는 짓이에요?"

"실은 저도 할 수 있긴 해요."

바로스뿐만 아니라 다른 3인의 무왕도 흉내는 낼 수 있었다고 한다.

먼저 상대의 몸을 촉진해서 신체 컨디션을 파악한 다음에, 체내의 기운이 흐르는 걸 감지해 적절한 오러의 양을 정하고, 신경조직의 강도를 측정해 어느 정도여야 마비될지 수치도 파악한 다음, 정확하게 타격 순간 오러를 정밀하게 집어넣어서, 딱 원하는 그 위치에 그만큼만 오러를 틀어박는다.

"……이러면 되긴 되죠."

멍하니 듣고 있던 세라티가 어이없다는 듯 반문했다.

"그게 가능하려면 처음부터 상대가 꼼짝도 안 하고 누워만 있어야 할 것 같은데요?"

상대가 조금만 움직여도 저 모든 변수가 시시각각 유동적으로 변하는 것이다.

그런데 저걸 어떻게 순간적으로 파악한단 말인가?

"그러니까 실전에서 쓰는 건 라피셀 경뿐이었죠."

사실 저렇게까지 할 필요도 없긴 했다.

"그냥 팔다리 분질러 놓아도 움직이지 못하긴 마찬가진데 뭘 굳이……."

"그럼 그녀는 왜 이런 짓을?"

카르나크가 대신 대답해 주었다.

"팔다리 부러진 정도론 정신 지배된 인간들이 멈추질 않으니까 그렇지."

사령술에 의해 지배된 인간들은 어떤 의미에선 좀비와 비슷하다. 육체가 파괴되건 말건 억지로 사지를 움직인다.

정신 지배된 사람들을 최대한 안전하게 구하기 위해 라피셀이 고심 끝에 터득한 신기(神技)인 것이다.

"또 카르나크 님이 원흉이에요?"

"뭐, 그렇지? 이제 와서 생각하니 조금 미안하네."

"조금 미안한 걸로 끝이에요?"

떠들어 가며 열심히 킹스 오더 대원을 나르고 나니 어느덧 전원을 천막에 눕혔다.

잠들어 있는 이들을 보며 세라티가 물었다.

"이제 어떻게 깨우죠?"

"체내에 박혀 있는 오러를 지우면 도로 깨어나긴 하겠지만……."

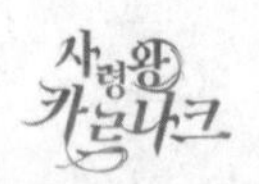

카르나크가 바로스를 돌아보았다.

"굳이 그럴 필요까진 없겠지?"

"이참에 푹 쉬게 해 주죠. 오히려 몸에 좋을걸요."

안 그래도 피로가 쌓인 이들이었다. 차라리 이대로 푹 재우면 다음 날 아침에 개운하게 일어날 수 있을 것이다.

마검 마레다도 수거했다.

검을 이리저리 살피며 바로스가 말했다.

"더 이상 마검도 아니군요, 이거."

검에서 흘러나오던 귀기가 흔적도 없이 사라져 있었다. 깃들였던 검의 악령이 도망가 버린 탓이었다.

"어쩌죠? 다른 사람들이 수상하게 여기지 않을까요?"

"하긴, 너무 깨끗하긴 하지?"

딱히 해결법이 어렵진 않았다.

너무 깨끗해서 문제라면 도로 더럽히면 그만이다. 그리고 그건 카르나크가 가장 잘하는 것 중 하나지.

"마검의 능력을 원상 복구시킬 수는 없지만, 힘이 소모된 마검처럼 보이게 만들 순 있어."

적당히 사방에서 탁기 좀 모아서 칼날에 발라 주었다.

"그냥 맹물과 김빠진 탄산수의 차이랄까?"

세라티가 고개를 갸웃거렸다.

"탄산수에서 김빠지면 그게 맹물 아니에요?"

"막상 마셔 보면 의외로 차이가 꽤 나거든, 그거."

그렇게 뒷정리가 대충 끝났다.

카르나크 일행은 진지 한편에 모닥불을 피우고 옹기종기 모여 앉았다.

"이제 다들 자연스럽게 깨어나기를 기다리는 것만 남았군요."

별의 위치로 시간을 가늠하며 세라티가 물었다.

"그동안 뭐 하죠?"

아직 동이 트려면 꽤 남았다. 바로스가 눈을 반짝였다.

"밥 먹읍시다!"

어이없다는 듯 세라티가 혀를 찼다.

"……어떻게 만날 밥 타령이에요?"

"원래 밥은 만날 먹는 거거든."

수저부터 챙기며 당당히 대꾸하는 카르나크였다.

아주 작정하고 '마취'당한 킹스 오더 대원들과 달리 라피셀 본인은 그냥 평범하게 쓰러진 상태다.

자연스럽게 대원들보다 먼저 정신을 차렸다.

"우우웅……."

희미한 신음을 흘리며 그녀는 눈을 떴다.

세 사람이 자신을 내려다보고 있었다.

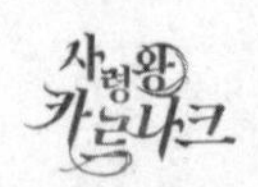

흑발의 잘생긴 오빠, 금발의 순하게 생긴 오빠, 엄청나게 예쁘게 생긴 언니였다.

흑발의 잘생긴 오빠가 조심스레 묻는다.

"일어났니?"

다정한 목소리였다. 어쩐지 심장이 두근거리는 목소리이기도 했다.

라피셀은 차분히 몸을 일으켰다. 그리고 눈앞의 사내를 빤히 바라보았다.

"……누구야?"

어린애다운 앳된 말투였다. 카르나크는 고소를 머금었다.

"내가 묻고 싶은 말이다."

그리고 되물었다.

"넌 누구지?"

누구냐고? 내가?

라피셀은 눈을 깜빡거렸다.

"모르겠어."

"모르겠다고?"

"응."

"아무것도 기억이 나지 않나?"

"응, 기억 안 나."

카르나크는 내심 안도했다.

'휴우, 기억 봉인은 잘되었군.'

기억도 사라졌고 마검에서 흡수한 오러도 전부 소진했다.

완전히 이 시대의 평범한 소녀로 돌아간 셈이니 더 이상 위험 요소가 되진 않을 것이다.

“그렇다면 이름도 기억이 나지 않겠군. 이름이 없으면 부르기 힘들 테니…….”

막 그가 가명을 지어 주려 할 때였다.

“라피셀.”

“응?”

“나, 라피셀이라고 불렸어. 이건 기억나.”

최대한 당황한 티를 억누르며 카르나크는 머리를 굴렸다.

‘이름은 왜 기억하지? 정체성의 가장 근원적인 부분이라 그런가?’

아니면 봉인에 문제가 생겼을 수도 있다는 소리다. 어느 쪽이건 확인해 봐야 한다.

“다행이군. 이름을 기억해서…….”

말을 이으려던 카르나크가 의아한 표정을 지었다.

“왜 그런 눈으로 보지?”

라피셀이 그를 빤히 바라보고 있었다.

한참이나 말없이 카르나크를 바라보더니 조심스레 입을 연다.

“……혹시 날 알아?”

“뭐?”

소녀의 눈동자가 반짝 빛났다.

"나, 당신을 아는 것 같아."

'날 알고 있는 것 같다라…….'

심장이 덜컹 내려앉는 기분이었지만 카르나크는 애써 냉정을 유지했다.

저것만으로 기억 봉인이 실패했다고 볼 순 없다.

일단 침착하게 대꾸한다.

"당연히 알고 있겠지. 벌써 며칠째 싸웠던 사이인데 낯이 익은 건 당연하지 않겠나?"

"싸웠던 사이?"

"그래."

라피셀이 멍한 표정을 지었다.

"그게 무슨 소리야?"

카르나크와 바로스가 서로 눈빛을 교환했다.

[어떻게 설명해야 할까, 이거?]

[그냥 사실대로 얘기해 주죠?]

세라티가 코웃음을 쳤다.

[잘도 사실대로 얘기하겠네요, 두 분이.]

이 작자들의 '사실'이란 게 얼마나 편의적으로 굴러가는지 익히 경험한 바 있다.

어쨌든, 카르나크는 차분히 입을 열었다.

"일단 킹스 오더에서 조사한 사항을 말해 주마."

정황상 그녀는 원래 시골 마을의 평범한 소녀였을 것으로 보인다. 어쩌다 우연히 마검 마레다와 조우했을 것이고, 마검의 지배를 받게 되었겠지.

이후 마검을 휘두르며 무수한 살육을 저지르고 킹스 오더와도 싸우긴 했지만, 이건 어디까지나 마검이 한 짓이고 라피셀과는 아무 상관도 없다. 그저 조종당한 상태일 뿐이니까.

당연히 킹스 오더도 지금의 그녀에게 죗값을 물릴 생각은 없다.

"마검의 지배를 받기 전의 네 신분이나 출신은 킹스 오더도 알아내지 못했다."

태연하게 카르나크는 설명을 맺었다.

"솔직히 말하면 굳이 조사하려 들지도 않았지. 마검이 중요한 것이지, 네가 중요한 건 아니니까."

거짓말은 아니었다.

실제로 킹스 오더가 조사한 부분은 저 정도다.

"그렇구나……."

납득하며 라피셀이 중얼거렸다.

"우린 아무 상관도 없는 사이구나."

그리고 도저히 이해가 안 간다는 듯 다시 고개를 들었다.

"그럼 어째서지?"

"음?"

"……당신을 보면 가슴이 뛰어."

잿빛 머리 소녀의 표정이 바뀌었다.
"심장이 두근거려, 얼굴도 뜨겁고."
들뜬 숨결, 상기된 뺨, 두근거리는 심장.
마치 사랑에 빠진 듯한 얼굴이었다.
'얘가 갑자기 왜 이래?'
당황한 카르나크를 향해 바로스가 한마디 했다.
[어, 저거 아마도 분노가 아닐까요?]
저걸 다른 식으로 표현하면 격해진 호흡, 흥분으로 빨개진 얼굴, 빨리 뛰는 맥박이란 소리도 되거든.
"그리고 왠지 가슴 한구석이 아려 와, 아파."
세라티도 한마디 했다.
[아마도 공포인 듯?]
여전히 라피셀은 반짝거리는 눈동자로 카르나크를 바라보고 있었다.
참으로 부담스러운 눈빛이었다.
카르나크는 슬그머니 시선을 피했다.
"그, 글쎄. 왜 그런지 모르겠군, 나도."
[왜 몰라요, 흔들다리 효과구만.]
[시끄러.]
당황한 그와 달리 라피셀은 확신을 느끼고 있는 듯했다.
"아마도 당신은 내게 있어 굉장히 중요한 사람인 것 같아."

중요하기야 하겠지. 반드시 복수를 해야 할 철천지원수니까.

"그래서 말인데……."

부끄러운 듯 잿빛 머리 소녀가 손가락을 꼬며 묻는다.

"……나, 당신 곁에 있어도 될까?"

마치, 갓 알에서 깨어나 어미를 바라보는 새끼 새 같은 얼굴.

순간 카르나크는 미간을 구겼다. 가슴 한편이 바늘로 찔리는 기분이었다.

[크윽, 죄, 죄책감이…….]

[축하드려요, 카르나크 님. 드디어 남들 다 느끼고 사는 감각을 느끼셨네요.]

[다른 사람들은 항상 이런 걸 느끼며 산단 말인가? 다들 강인한 정신력을 지니고 있군.]

[그 정도로 대단한 문제는 아니거든요!]

라피셀은 초조한 눈으로 대답을 기다리고 있었다.

그녀를 바라보며 카르나크는 애써 태연을 가장해 말했다.

"네 거취는 킹스 오더가 정할 문제다. 그 전엔 내가 뭐라 확답할 수 없어."

"그렇구나……."

실망한 듯 라피셀이 어깨를 축 늘어뜨렸다. 그리고 눈을 깜빡이기 시작했다.

"……졸려."

하긴, 그토록 날뛰었으니 피로가 쌓이지 않았을 리 없다.

그녀의 육체는 아직 단련하지 않은 어린아이일 뿐이다.

"좀 더 쉬렴."

다정한 세라티의 말에 라피셀이 무너지듯 잠들었다.

"응……."

그녀를 곱게 눕힌 뒤 세라티가 카르나크를 돌아보았다.

"이제 어쩌실 거예요?"

난처해하며 카르나크가 바로스에게 물었다.

"라피셀이 벨티아의 제자가 되는 게 언제지?"

타인의 개인사를 바로스가 어찌 알겠냐마는, 라피셀의 경우는 꽤 유명하다.

"아마 16살인가 그랬을 겁니다."

무릇 무술은 5~6살부터 시작해야 제대로 기틀을 잡을 수 있는 법이다. 16살이면 무술에 입문하기엔 너무 늦은 나이인 것이다.

그럼에도 라피셀은 검을 익힌 지 고작 2년 만에 오러를 각성, 10년 뒤에는 당대 무왕 벨티아 크로테움의 모든 걸 전수받고 20년 후엔 무려 새로운 무왕의 일원이 되었다.

유명해지지 않을 수가 없는 일화였다.

"라피셀이 지금 몇 살일까?"

"글쎄요, 여자애들 나이는 도통 구별이 안 가서."

비교적 상식인인 세라티가 대신 답해 주었다.

"대충은 알 수 있어요. 아직 사춘기가 오지 않은 듯하니까요."

귀족이나 잘사는 집 자식과 달리, 평소 영양이 부족한 일반 평민들은 사춘기도 늦게 온다.

"아마 열서너 살 정도일 거예요."

"역시 이런 건 세라티가 잘 아네."

원래대로라면 라피셀은 2년 뒤 무왕 벨티아를 만나 그녀의 제자가 될 터.

"어쩌실 겁니까, 도련님? 운명대로 따라가게 놔둬요?"

"아니, 당분간은 곁에 둬야 해."

아까는 당황해 얼버무렸지만, 카르나크는 어차피 라피셀을 데리고 있을 계획이었다.

"봉인이 잘되었는지 확인해야 하거든. 다시 기억 돌아오면 큰일이잖아."

"그건 그러네요."

세라티가 고개를 끄덕였다.

카르나크에게 그 생지옥을 겪은 미래의 라피셀이 부활하면 무슨 일이 터지는지는 그녀도 익히 봤다.

"그런데 용케 죽여서 후환을 제거하겠단 생각은 안 하시네요?"

말하다 말고 아차 싶어 말을 덧붙인다.

"물론 그건 예전처럼 사는 것이니 안 하시겠죠, 네."

실소하며 카르나크가 대꾸했다.

"죽일 순 없지. 확인해야 할 부분이 있으니까."

지금의 라피셀은 미래의 라피셀이다. 카르나크, 바로스와 마찬가지로 시공 회귀했다.

"얘가 어떻게 우리처럼 시공 회귀를 한 건지 알아내야 해."

이 역시 당장은 불가능한 일이었다.

그걸 알아내려면 봉인된 라피셀의 기억을 훑어봐야 하는데, 그 와중에 만약 기억이 돌아온다면 매우 골치 아파지는 것이다.

"저처럼 권속으로 만드는 건요?"

"마찬가지로 위험하지. 영혼 잘못 건드렸다가 기억 되살아날 가능성도 없진 않거든."

필요한 정보만 따로 빼낼 방법이 생길 때까진 곁에 두고 살피는 것이 최선이었다.

잠든 라피셀을 바라보며 카르나크가 중얼거렸다.

"가만 있자, 무슨 핑계로 얘를 데리고 다닌다?"

다음 날 아침, 지켄을 비롯한 킹스 오더 전원은 별 후유증

없이 정신을 차렸다.

당연히 간밤의 일을 궁금해했고, 그래서 카르나크는 적당히 거짓과 사실을 섞어 설명을 해 주었다.

마검에서 해방되고도 저 소녀가 그렇게 엄청난 힘을 보인 이유가 무엇인가?

'알고 보니 킹스 오더가 눈치만 못 챘을 뿐, 실은 마검의 악령이 소녀에게로 옮겨졌던 것 같다.'

그럼 다른 대원들이 몽땅 쓰러질 때까지 카르나크 일행이 모습을 감춘 이유는 무엇인가?

'마검 그 자체가 되어 버린 소녀의 능력이 너무 뛰어났다. 예상치 못한 사태에 대응하기 위해 따로 준비를 할 필요가 있었다.'

그것이 무슨 준비였나?

'20기의 골렘이었다.'

골렘을 20기나 다룰 수 있단 말인가? 마법으론 불가능한 일인데?

'그래서 일단 자리를 피한 것이다. 다른 킹스 오더가 시간을 벌어 주는 사이 골렘 소환진을 준비했다. 그리고 소녀를 유인해 순차적으로 골렘을 투입시켜 상대했다.'

그렇군. 한 번에 20기를 다룰 순 없어도 5기씩 차례대로 소환하는 것은 가능하겠구나.

'그렇다. 자, 이게 그 전투 흔적이다.'

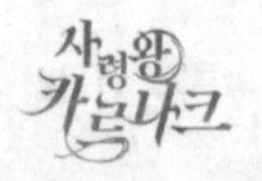

훌륭한 작전이다. 그렇다면 아무리 마검의 소녀가 강력해도 충분히 제압할 수 있었겠군.

'아니다. 매우 힘들었다. 다른 킹스 오더들이 힘을 빼 놓지 않았다면 우리도 당했을 것이다.'

……뭐, 대충 이런 식이었다.

꽤나 그럴듯한 이야기였고, 실제 전투 흔적도 설명과 크게 차이가 나지 않았으니 다들 납득하고 넘어갔다.

다음은 마검 마레다의 뒤처리.

성직자들이 회수한 마검을 신성력으로 면밀히 조사했다. 그리고 결론을 내렸다.

"확실해요."

"검의 악령은 사라졌습니다. 이건 이제 평범한 검일 뿐입니다."

그렇다고 아무렇게나 다룰 수는 없으니, 절차에 따라 마검 마레다는 왕도의 대신전으로 옮겨져 추가 조사를 하게 되었다.

숙주였던 잿빛 머리 소녀, 라피셀에 대해서도 조사가 이어졌다.

결론은 금방 나왔다.

"이 아이의 몸에는 아무런 사특한 기운이 존재하지 않습니다. 평범한 시골 소녀일 뿐입니다."

카르나크가 물었다.

"혹시 이 아이도 왕도의 대신전에서 추가 조사를 받아야 합니까?"

메이리는 고개를 저었다.

"그런 절차는 없습니다."

마검 마레다와 달리 소녀는 흔해 빠진 인간 숙주였을 뿐이다.

그녀가 아니더라도 누구든 검의 지배를 받았다면 비슷한 행동을 보였을 것이다. 딱히 수상한 점이 없단 소리다.

"그럼 이제 저 아이의 거취는 어찌 됩니까?"

"인근 신전에 맡겨져 성인이 될 때까지 몸을 의탁하겠지요."

안쓰러운 듯 카르나크가 말했다.

"앞으로의 삶이 쉽지 않겠군요."

평민 출신인 메이리가 희미한 비웃음을 띠었다.

"귀족분들은 모르시겠지만, 원래 평민들의 삶은 쉽지 않답니다."

비웃음은 이내 사라졌다.

카르나크가 예상 못 한 발언을 한 탓이었다.

"제가 거두어도 되겠습니까?"

"저 아이를요?"

그녀가 경계의 눈빛을 보였다.

"순간의 동정심이라면 말리고 싶은데요."

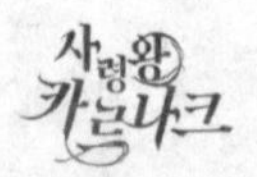

어린 여자애를 성인 남자가 거두는 건 의혹을 사기 쉽다, 여러모로 좋지 않은 의혹을.

물론 카르나크도 그 사실을 잘 알고 있었다.

"세라티 경이 그러는데, 저 아이가 검에 재능이 있어 보인다더군요."

기다렸다는 듯 세라티도 나섰다.

"제가 거두어 종자로 키울까 합니다. 괜찮을까요?"

메이리의 표정이 눈에 띄게 풀렸다.

"오러 유저께서 그렇게 말씀하신다면야……."

사전에 카르나크와 세라티가 상의한 부분이었다.

"그녀를 굳이 제 종자로 거둘 필요가 있어요? 그냥 카르나크 님의 하녀로 써도 될 텐데."

"그래야 나중에 라피셀이 재능을 드러내도 어색하지 않을 것 아냐?"

"……쟤한테 검술 가르치게요? 도로 위험해지는 거 아니에요?"

"상관없어. 아무것도 가르치지 않아도 어차피 강해질 테니까. 그냥 옆에서 훔쳐보기만 해도 너보단 세질걸."

"그 정도예요?"

"기억만 잃었지, 영혼은 미래의 무왕이잖아."

배운 걸 잊어버린 것이지, 아예 배우지 않은 상태가 아니다. 타인의 전투를 지켜보기만 해도 어느 정도는 회복될 것이다.

"그렇다면 차라리 처음부터 검술을 가르치는 게 안전해. 라피셀의 성격이라면 혹여 기억이 돌아와도 자기 스승을 벨 리는 없을 테니까."

인연이란 족쇄를 씌워, 혹여 사달이 일어나도 안전장치를 만들겠단 소리였다.

"어쩜 그런 쪽으로만 머리가 도시나 모르겠네요."

"엥? 이것도 혹시 나쁜 짓이야?"

"딱 잘라 나쁜 짓이라고 할 수 없다는 점에서 더 질이 나빠요."

"그럼 내가 어떻게 해야 하는데?"

"……솔직히 저라고 더 좋은 생각이 떠오르진 않네요. 우리를 위해서나, 그녀를 위해서나."

결국 라피셀은 세라티가 거두게 되었다. 다른 이들도 반대하지 않았다.

여성 오러 유저가 재능 있는 소녀에게 눈독을 들이는 건 꽤나 흔한 일이다.

애초에 여성 검사 자체가 워낙 드무니까.

"안 그래도 안쓰러운 아이였는데 잘됐구려."

"세라티 경의 밑에서라면 좋은 기사가 될 수 있겠지."

그렇게 마검 마레다 사건은 정식으로 종결되었다.

끝까지 풀리지 않은 지켄의 의문만을 남긴 채.

"아니, 그래서 마검과 7대대는 무슨 관계였던 건가, 결국?"

뒤틀린 세상

사흘 뒤, 킹스 오더 1대대와 7대대는 왕도 드룬타로 귀환했다.

마검 마레다는 유스틸 왕국을 흔들었던 많은 어둠 관련 사건 중에서도 특히나 큰 피해를 낳았다. 이를 처리했으니 왕실에서도 이들의 공로를 크게 치하했다.

대장인 지켄과 부대장 트리브의 명성 역시 왕국 전역에 퍼졌다.

다만, 카르나크의 이름은 알려지지 않았다.

일부러 감춘 탓이었다.

드룬타로 복귀하기 하루 전.

"마검 마레다를 처리한 걸 나로 하자고? 자네들 이야기는 쏙 빼고?"

"예."

"그게 무슨 소리인가? 마지막에 검의 악령을 퇴치한 건 카르나크, 그대가 아닌가?"

제안을 들었을 때만 해도 지켄은 극구 반대했다.

"일부러 내게 공을 돌릴 필요는 없네. 내가 그런 걸로 시기할 만큼 속 좁은 인간으로 보이나?"

"그런 게 아닙니다."

카르나크에게도 나름 이유가 있었다.

"마검 마레다를 해치운 건 엄연히 지켄 대장이 아닙니까?"

틀린 말은 아니다.

마검을 마지막으로 제압한 건 분명히 지켄이었다. 이후에 날뛴 건 마검이 아니라 라피셀이었지.

"저희는 그저 마무리를 했을 뿐이고요."

이 역시 지켄이며 트리브 등이 대부분의 힘을 꺾어 놓았기에 가능했던 것.

"대장은 응당 누려야 할 명예를 얻는 것뿐입니다."

"그렇다 해도 명예를 함께 나누어야지, 왜 자네만 빠진단 말인가?"

카르나크가 쓴웃음을 지었다.

"킹스 오더 모두가 대장처럼 대범하진 않으니까요."

그제야 지켄도 상황을 이해했다.

안 그래도 카르나크는 단기간에 너무 많은 성과를 올렸다.

여기서 최고참 중 1명인 지켄마저 누를 정도의 공을 또 세우면 다른 대대장들의 심기가 꽤나 불편해지는 것이다.

"시골 출신 주제에 중앙까지 올라온 탓에 안 그래도 정신이 없습니다. 여기서 더 귀찮은 일을 만들고 싶진 않군요."

"하긴, 자네는 경력에 비해 너무 빨리 승진했지. 어느 정도 자중하는 모습을 보이는 것도 괜찮겠어. 하지만 보고서를 조작하는 건 좀……."

지켄은 난처해했다.

카르나크의 말대로 하자면 검의 악령이 인간 숙주로 옮겨간 일 자체를 없던 일로 해야 한다. 거짓말을 해야 한단 소리다.

"당연히 에란텔 단장님껜 사실대로 보고해야죠. 하지만 킹스 오더의 실수를 굳이 문서로 남길 필요가 있습니까?"

킹스 오더 내에서야 사교도들의 수법에 대해 잘 알고 있어야 차후 대처할 수 있으니 절대 감추어선 안 된다.

하지만 외부에까지 굳이 실수를 드러낼 필요가 있을까?

"솔직하게 알려 봐야 트집만 잡을 것 아닙니까? 오히려 앞으로의 활동에 방해만 되겠죠."

같은 이유로, 마검의 소녀가 카르나크며 7대대 관련해 이상하게 행동했던 부분도 누락시키는 쪽이 좋다.

저걸 솔직히 보고할 경우 그 이유도 첨부해야 하는데, 그 점은 여전히 파악을 못 했으니까. 마찬가지로 트집 잡힐 일이다.

"그냥 지켄 대장과 트리브 부대장이 따로 해치웠다고 하는 쪽이 여러모로 깔끔할 겁니다."

납득한 지켄이 고개를 끄덕였다.

"알겠네. 우리가 공을 차지하지."

그리고 진지한 얼굴로 카르나크를 바라보았다.

"자네에겐 빚을 지게 되었군. 언제든 이 빚을 갚겠네."

카르나크는 빙그레 웃었다.

"빚을 지웠다는 생각은 없습니다만, 그래도 아쉬울 때 등 비빌 곳이 생겼다는 건 기쁜 일이군요."

지켄의 입가에도 미소가 떠올랐다.

"필요한 일이 생기면 언제든 날 찾게."

절대 믿지 않는다는 얼굴로 바로스가 물었다.

"진짜 이유는 뭡니까?"

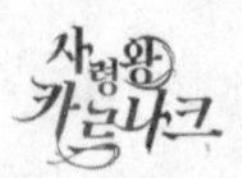

"왜 진짜 이유가 따로 있다고 생각하는 건데?"

"도련님이 자중하는 모습을 보인다고요? 그럴 리가 없잖아요."

과연 다른 이유가 있었다.

"라피셀 때문이지, 뭐."

킹스 오더는 라피셀이 검의 악령에게 잠시 빙의되어 마지막으로 발악한 걸로 알고 있다.

그래서 다들 저 사실에 별 관심을 두지 않았다.

악령이 빙의 장소를 옮겨 다니는 건 흔한 일이니까.

"하지만 7여신교는 그렇지 않을지도 모르거든."

현재 7여신교는 꽤나 집요하게 사령술의 흔적을 뒤쫓고 있다. 또한 아주 사소한 문제마저 짚고 넘어가려는 유능하고 책임감 있는 이들도 꽤나 많다.

당장 알리우스 신관만 해도 그런 타입이라 만나게 된 것이고.

훌륭한 신관들이 많은 거야 좋은 일이지만, 괜히 긁어 부스럼을 만들까 겁난다.

자칫 대신전에서 라피셀을 조사하겠다고 나서면? 그러다 신성력의 영향으로 기억 중 일부가 돌아오기라도 하면?

"아예 처음부터 시선 끌 일 자체를 안 만드는 게 낫지."

마검의 소녀가 7대대 상대로 이상하게 행동한 이유도 결국 카르나크가 원인이다. 누군가 그 부분을 파고들면 귀찮아지는 것이다.

그럴 바엔 지켄이며 트리브에게 공을 돌리고 안전하게 넘어가는 쪽이 백배 낫다.

“덕분에 좋은 분위기로 잘 끝났잖아?”

카르나크는 싱글벙글 웃었다.

라피셀로부터 세간의 시선을 돌렸고, 덤으로 지켄과의 친분도 쌓아 두었다.

“이 정도면 나도 사회성 꽤나 좋아진 것 같지 않냐, 바로스?”

“그러게요. 예전에는 만나는 사람들마다 죄다 적으로 돌변했었는데…….”

“그땐 왜 그랬지, 나?”

“글쎄요.”

카르나크와 바로스가 고개를 갸웃거렸다.

어이없어하며 세라티가 툭 던지듯 말했다.

“본인이 너무 잘나서 남 눈치를 볼 필요가 없어서 아니었을까요?”

그냥 해 본 소리인데 두 사내가 진지하게 고개를 끄덕인다.

“역시 사회성은 아쉬운 게 많아야 생기는 건가?”

“하긴, 저도 요즘은 주변 사람들이랑 더 잘 지내는 것 같긴 해요.”

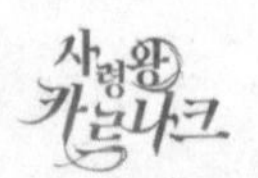

세라티는 속으로 피식 웃었다.

뭔가 어긋난 것 같기도 하고, 진실을 꿰뚫는 것 같기도 하고…….

'그래도 저 두 사람이 남들 시선을 신경 쓰기 시작한 건 좋은 징조네.'

미리 이야기를 맞춘 덕에 카르나크의 이름은 세인들 사이에 오르내리지 않았다.

하지만 소소하게 화제가 되는 이름이 있긴 했다.

바로스였다.

"축하드리오, 바로스 경!"

"드디어 오러 유저가 되셨군!"

바로스가 오러 유저가 되었다는 사실은 아무도 이상하게 여기지 않았다.

애초에 워낙 무술의 달인이었으니까.

"저 친구가 여태 오러 각성을 못 한 게 더 이상하긴 했지."

킹스 오더 내부엔 투기검을 쓰지 못하는 그와 대련해 패배한 오러 유저도 제법 된다.

다들 조만간 오러 유저 되겠거니 하고 있었다.

귀족들 중 몇몇은 신기한 듯 지켜보기도 했다.

"오러 유저가 둘에 영주 본인도 6서클의 마법사라……."

"제스트라드 가문이 생각보다 위세가 높군."

"뒤에 로이드 왕자님이 있다는 소문도 있던데?"

그렇다 하여 유심히 신경을 쓰거나 하는 것까진 아니었다.

이제 갓 오러 유저가 된 정도로는 크게 대단할 것도 없는 것이다.

왕도 드룬타에서 적색급, 레드 나이트의 경지는 그리 드물지 않으니까.

일개 지방 가문이 조금 더 세졌다고 중앙에서 경계하거나 할 이유까진 없다.

적당한 세간의 인정과 적당한 세인들의 무관심.

딱 카르나크가 바라던 위치였다.

"좋아, 외적인 문제를 해결했으니 개인적인 부분을 해결할 차례군."

내내 머무르던 여관을 떠나 카르나크는 드룬타 남부 거리에 집을 한 채 구했다.

라피셀의 합류로 일행의 숫자도 많아졌고, 어린 여자아이를 데리고 머무르기엔 아무래도 여관이 편한 장소가 아닌 탓도 있었다.

"무엇보다 라피셀의 상태를 확인하기 전에 불특정 다수와 계속 접촉시키고 싶지 않아."

"와, 어린 여자애를 집 안에 가두고 입맛대로 키우겠다는 소리 같네요, 그거."

"어라? 이거 혹시 나쁜 짓이야, 세라티?"

"그냥 농담이에요, 신경 쓰지 마세요."

"다행이군."

라피셀은 예정대로 세라티 밑에서 지내게 되었다. 그녀로서는 꽤나 찜찜한 상황이었다.

'너무 추락한 거 아닌가? 원래 그녀의 스승은 무왕 벨티아일 텐데.'

하지만 그냥 보내 줄 수도 없었다.

라피셀이 기억을 되찾으면 큰일 날 사람은 왕년의 사령왕과 데스 나이트 로드뿐만이 아니다. 추악한 사령왕의 권속도 절대 가만 놔두지 않겠지.

'그래, 이제부터라도 잘 대해 주면 되는 거잖아?'

맛난 것도 사 주고 몸도 깨끗이 씻기고 머리도 빗기고 좋은 옷을 입혔다.

더러운 시골 아이에서 활발하고 귀여운 도시 소녀로 재탄생한 라피셀을 앞에 앉히고 진지하게 말을 건다.

"이제부터 내 종자로 지내게 될 거야, 라피셀."

"네, 마스터!"

"마스터라……."

세라티 정도의 오러 유저라면 종자를 둘 자격은 충분하다.

하지만 미래의 무왕에게 마스터라 불리는 건 역시 민망하지?

"……그냥 언니라고 불러."

뭐, 라피셀이야 아는 것이 없으니 그냥 시키는 대로 착실히 따른다.

"네, 세라티 언니!"

종자라면 자질구레한 잡일도 익숙하게 할 줄 알아야 한다. 그래서 일단 단순한 집안일부터 시켰다.

기억이 봉인된 라피셀은 실로 착하고 성실한 아이였다.

처음 만났을 때 보였던 증오와 분노는 흔적도 없었다. 오히려 신기할 정도로 카르나크와 바로스를 따르기까지 했다.

"카르나크 님, 청소 다 했어요!"

"바로스 님, 물 길어 왔어요!"

"카르나크 님! 바느질 다 했어요!"

"바로스 님, 식사 준비 도와드릴까요?"

그때마다 두 사람은 애써 시선을 외면했다.

"아, 그, 그래……."

"자, 잘했어, 고맙다……."

너무 방긋방긋 웃고 있어서 똑바로 보기 힘들달까?

[크윽!]

[죄, 죄책감이…….]

지켜보던 세라티가 실소를 흘렸다.

[웬일이래요, 그토록 뻔뻔하던 양반들이?]

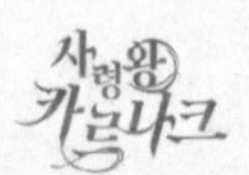

하기야, 저 두꺼운 낯짝으로도 버티기 힘들 만큼 지은 죄가 크긴 했다.

하여튼 라피셀은 자연스럽게 일행 속에 녹아들었다. 카르나크도 옆에서 천천히 그녀를 살필 수 있게 되었다.

"일단 기억 봉인은 제대로 된 것 같고……."

이제 어떻게 그녀가 이 시간대로 시공 회귀했는지를 알아낼 차례다.

하지만 기껏 봉인한 기억을 함부로 들쑤시는 건 역시 위험하다.

"에휴, 겨우 단서가 발견되었는데 확인할 수가 없군."

"단서라뇨, 도련님?"

"그동안 계속 의심하고 있던 부분이 있었거든. 그런데 라피셀 덕분에 어느 정도 확신이 들었어."

내내 궁금했다.

대체 제스트라드 가문은 왜 갑자기 그런 부자가 되었나?

있지도 않던 구리 광산은 대체 왜 생긴 것인가?

카르나크의 권능, 종말의 어둠은 대체 무슨 이유로 그보다도 앞선 시간대부터 세상에 뿌려지고 있었나?

"이 모든 일이 대략 우리가 돌아오기 4년 전에 생겼던 일이지."

그렇다면 대체 그때 무슨 일이 있었던 걸까?

갑자기 카르나크가 화제를 바꿨다.

“그거 알아, 바로스? 시공에 관련된 마법은 순전히 가설밖에 없어. 실제로 검증된 경우가 없으니까.”

바로스는 굳이 대꾸하지 않았다.

오랜 경험을 통해 알고 있다. 지금 카르나크는 그에게 대답을 구하는 게 아니다.

질문이란 행위를 통해, 스스로의 생각을 정리하고 있는 것일 뿐.

“과연 시간을 거슬러 과거로 돌아가면 무슨 일이 생길까? 시간 속의 모순은 대체 어떻게 해결해야 할까?”

이는 마법사들마다 의견이 갈린다.

혹자는 평행 세계의 존재를 주장하고, 혹자는 시공 연속체는 불변이니 시공을 다루는 마법 자체가 불가능하다고 한다. 시공의 연속 면에 고정된 특이점이 존재한다는 주장을 하는 이들도 있다.

중요한 건, 이 모든 것들이 그저 사고실험에 불과하다는 것이다.

그 누구도 실제로 시공을 거슬러 오르지 못했기 때문에.

“오직 나만이 가능했지.”

카르나크가 쓴웃음을 지었다.

“그래서 그 누구도 이 문제에 대해선 내게 답을 주지 못했고.”

이제까지는 이 세계가 일종의 평행 세계 같은 건 줄 알았다.

"하지만 이런 경우에도 역사가 바뀔 수 있더라고."

카르나크 말고도 누군가가 이 시간대로 돌아왔다면? 그것도 카르나크보다 먼저 돌아왔다면? 그래서 과거에 영향을 끼쳤다면?

"세상이 이렇게 뒤틀린 것도 말이 되지."

"누군가가 우리보다 몇 년 일찍 이 시대로 왔다라……."

바로스는 미심쩍다는 표정을 지었다.

저 가설은 한 가지 전제를 필요로 한다.

"도련님 말고도 시공을 다룰 수 있는 사람이 존재한다고요?"

궁극의 사령술사 카르나크마저도 수없이 실패를 거듭한 시공 회귀 주문이었다.

신에 비견되는 존재라는 아스트라 슈나프가 되고도 무려 수십 년을 고생한 끝에야 겨우 성공했다.

"그 정도로 강력한 마법사나 사령술사가 존재했다면, 애초에 우리가 모를 리가 없을 텐데요."

인류 최강이었던 3인의 대마법사도 시공을 다루는 영역엔 감히 범접하지 못했다.

저들이 그 정도로 높은 경지였다면 처음부터 카르나크에게 패하지도 않았을 것이다.

4대 무왕이야 오러 유저니까 애당초 열외.

세계의 수호자였던 용황제 그라테리아가 멀쩡했다면 가능했을지도 모르겠지만…….

"멀쩡하지 않다는 건 우리가 더 잘 알고요."

카르나크가 고개를 끄덕였다.

"그래, 나처럼 처음부터 시공 회귀 주문을 창조할 수 있는 사람은 분명 없겠지."

하지만 남이 만든 걸 조작하는 경우라면?

"기억하지? 시공 초월의 비석."

"에, 우리가 이 시대 올 때 썼던 피 색깔 판때기요?"

"그래, 그거."

카르나크의 안색이 어두워졌다.

"난 시공 초월비를 사용한 후에 대해선 전혀 신경 쓰지 않았어."

과거로 돌아오며 모든 미래가 사라진다고 생각했다.

그가 저지른 모든 건 없던 일이 되고, 모든 역사도 무(無)로 변하며, 새로운 역사가 써지는 거라고.

하지만 그게 아니라면?

카르나크와 바로스가 이 시간대로 떠난 후에도, 그 미래가 여전히 남아 있었다면?

"시공 초월비도 여전히 남아 있다는 소리지."

동시에, 사령왕이 지배하던 네크로피아의 언데드들도 여전히 존재한다는 의미가 된다.

사룡 그라테리아와 3인의 대마법사, 4대 무왕을 위시한 그 수많은 괴물들이.

카르나크의 지배력이 사라지면 저 남은 이들은 어떻게 될까?

그라테리아는 완전히 이성을 지워 버렸다. 지배력이 사라져도 지성 없는 짐승이 될 뿐이다.

천하의 카르나크도 저 무서운 용황제를, 이성을 남긴 채 사룡으로 부릴 엄두는 나지 않았던 것이다.

반면 3인의 대마법사며 라피셀을 제외한 다른 무왕들은 지성을 남겨 놓았다.

충성심을 각인시키는 것만으로 충분히 다룰 수 있었기 때문이다.

애초에 마법이나 오러의 특성상 지성이 사라지면 별 쓸모가 없기도 하고.

그런 저들이 자아를 되찾았다면?

그리고 텅 빈 옥좌 뒤에 홀로 남은 시공 초월의 비석을 발견했다면?

"10서클의 추구자라면 남은 비석을 연구해 시공 회귀 주문을 터득할 가능성도 없진 않지……."

심각해진 카르나크를 보며 바로스가 진지한 얼굴로 고개를 끄덕였다.

"그렇군요."

그리고 더욱 진지한 얼굴로 되물었다.

"결국 또 도련님 탓이네요?"

"시끄러워."

입을 삐죽이며 카르나크는 생각에 잠겼다.

이 가설이라면 많은 것이 설명된다.

라피셀 역시 누군가가 이 시간대로 넘어오기 전에 실험 삼아 먼저 보낸 것이라 하면 얼추 앞뒤가 맞는다.

"문제는…… 이걸 무슨 수로 확인하느냐로군."

마검 마레다 사건 이후 카르나크 일행은 또 한차례의 휴가를 받았다.

휴가 다녀온 지 얼마 되지 않았지만 별문제는 없었다. 그동안 안 쓴 휴가 일수가 워낙 많았다.

그렇게 여유 시간을 얻자 바로스는 착실하게 오러 수행부터 들어갔다.

사실 그가 투기에 대한 걸 추가로 배울 필요는 없다.

필요한 건 딱 하나, 오러양을 늘리는 것뿐이다. 나머지는 전부 할 줄 안다.

그럼에도 차근차근 기본기부터 다져 갔다.

"복습 중요하지, 복습."

게다가 자신만의 투기를 다루는 것은 처음이다. 예상 못 한 문제가 생길 가능성도 염두에 두어야 한다.

"헛! 으랏차! 허야!"

새로 얻은 집 뒷마당에서 매일같이 검을 휘두르며 감각을 조정하느라 열심이었다.

라피셀은 세라티 밑에서 검술의 기초부터 닦기 시작했다.

일부러 실전용 검술이 아니라 신체 전반을 단련하는 검술부터 가르친 것이다.

"아직 성장기도 오지 않았는데 너무 과한 동작 시키면 오히려 다쳐요."

과연 재능이 있어, 그녀는 시키는 걸 곧잘 해냈다.

하지만 상식을 초월할 정도로 빠르게 강해지거나 하지는 않았다.

마검의 정혈이 전부 빠진 지금의 라피셀은 평범한 어린애일 뿐이다.

바로스의 사례도 있듯, 아무리 미래의 무왕이라도 육체가 받쳐 주지 않으면 기량을 발휘할 수 없다.

덕분에 세라티가 눈앞에서 간단한 내려 베기 하나만 시연해도 눈을 초롱초롱 빛내며 감탄하기 일쑤였다.

"우와!"

"굉장해요, 언니!"

"전 언제쯤 언니처럼 검을 휘두를 수 있을까요?"

병아리처럼 졸졸 따라다니는 모습이 워낙 귀여워 세라티도 라피셀을 예뻐하고 있었다.

가끔 섬뜩한 모습을 보여 주긴 했지만.

"세라티 언니!"

"응?"

"시키는 대로 허공에서 나뭇잎을 반으로 베어 냈어요!"

멀쩡한 나뭇잎 두 장을 보며 세라티는 고개를 갸웃거렸다.

"뭘 베었다는 거니?"

"둘로 베라면서요?"

그제야 깨달았다, 두 장의 나뭇잎이 유독 얇다는 것을.

'이거 원래 나뭇잎 한 장이었어?'

두 동강 낸 것이 아니라 박피 뜨듯 양면을 얇게 갈라 버린 것이다! 그것도 허공에서!

'와, 이건 대체 어떻게 하는 거지?'

세라티는 감히 흉내도 못 낼 신기였다.

"차, 참 잘했어요."

"에헤헤!"

칭찬받은 라피셀이 기쁜 듯 웃었다.

세라티처럼 훌륭한 스승은 세상에 둘도 없을 거라는 믿음으로 충만한 미소였다.

"저도 어서 언니처럼 강해지고 싶어요!"

그제야 세라티도 카르나크와 바로스의 심정을 이해할 수

있었다.

'윽! 죄, 죄책감이…….'

⁂

2층에 위치한 세라티의 침실.

오늘도 그녀는 카르나크에게 영혼 다스림을 받고 있었다.

게헤나의 갑주를 사용하며 세라티의 영혼은 꽤나 오염되었다. 이를 다시 씻어 내야 하는 것이다.

"오염이라기엔, 솔직히 아무 느낌도 없던데요."

"내 권속이니까 그렇지."

사령술사의 권속 입장에서는 오염보단 오히려 적응에 가까운 개념이다.

문제는 무엇에 적응을 하냐는 것이지.

"지옥의 공기에 적응하고 싶은 건 아니지?"

"최대한 빨리 씻어 내 주세요."

실소하며 카르나크는 바닥에 마법진을 그렸다.

사령술이 아니라 혼돈마법 쪽이라 은밀할 필요까진 없다. 그냥 자기 집에서 대놓고 저질러도 된다.

술식을 펼친 뒤 카르나크가 손짓했다.

"자, 얌전히 앉아 있어."

"얼마나요?"

"10분쯤?"

마법진 가운데 들어가 세라티가 가부좌를 틀었다. 카르나크도 테이블 의자를 꺼내 걸터앉았다.

마냥 앉아만 있으려니 심심하다.

카르나크는 창밖을 힐끔거렸다. 뒤뜰에서 열심히 검을 휘두르는 잿빛 머리의 작은 소녀가 보였다.

"라피셀은 어때?"

세라티가 한숨을 쉬었다.

"죄짓고 있는 기분이에요."

라피셀은 원래 무왕 벨티아의 제자가 되었어야 한다.

"그녀의 앞길을 제가 멋대로 막고 있는 게 아닌가 해서……."

"라피셀이라면 어차피 무왕이 될걸."

그녀는 '미래의 무왕' 본인이다. 미래에 무왕이 될 운명이 아니라.

배운 걸 잊은 것뿐이지, 배우지 못한 게 아니란 소리다.

"칭호만 바뀌겠지. 시프라스의 무왕이 아니라 제스트라드의 무왕으로."

"모르죠, 벨티아 밑에서 다른 시프라스의 무왕이 나올 수도 있잖아요."

"그럼 4대 무왕이 5대 무왕 되는 것뿐이고."

무왕이니 대마법사니 하는 칭호는 등수 매겨서 얻는 것이 아니다.

세계 최강부터 2등, 3등, 4등까지 4대 무왕으로 칭하고 5등부턴 그냥 일반 검사, 뭐 이런 식이 아니라는 의미다.

인간은 항상 제자리를 유지하지 않는다. 더 강해질 수도, 더 약해질 수도 있다. 그런데 어떻게 저 등수를 매번 매기겠나?

대마법사와 무왕은 저들이 오른 경지에 대한 찬사를 담은 칭호였다.

궁극의 투기, 황금의 오러를 얻은 이들은 무왕으로 불리고 마스터 오브 마스터, 10서클의 경지에 오른 이들은 대마법사라 불리는 것이다.

자연히 무왕과 대마법사의 숫자는 시대에 따라 달라졌다.

1명의 대마법사에 3대 무왕일 때도 있었고, 2인의 대마법사에 6대 무왕일 때도 있었으며, 심지어 무왕이나 대마법사가 단 1명도 없는 시대도 있었다.

"실제로 아주 잠시긴 하지만 5대 무왕이었던 시절도 있었지."

"그게 언젠데요?"

"지금으로부터 한, 20여 년쯤 뒤?"

과거형처럼 이야기했지만 실제론 미래의 일이다.

벨티아 밑에서 수행을 쌓고 세상에 나온 라피셀이 결국 황금의 오러를 터득해 새로운 무왕이 되고, 그럼에도 아직 벨티아가 현역으로 활동하고 있을 때.

"금방 도로 4대 무왕 됐지만."

시간 앞에 영원한 것은 없으니, 제아무리 강력한 육체와 정신도 결국 나이 먹으면 쇠하는 법이다.

아무리 무의 극한에 도달한 자라도 60~70세쯤 되면 은퇴하는 것이 보통이었다.

현시대의 4대 무왕은 갤러드와 벨티아, 드렐타인과 바탈록.

갤러드와 벨티아는 각자 레번과 라피셀이라는 후계자를 새로운 무왕으로 키워 내고 은퇴했다.

"드렐타인은 그때도 아직 현역이었고."

바탈록은 제자 농사에 실패한 케이스였다.

본인은 천재였지만 가르치는 재능은 없었는지, 제자를 꽤 두었는데도 무왕은 물론이고 실버 나이트조차 배출하지 못했다.

"어머, 그럼 새 무왕은 바탈록과는 상관이 없었나 보죠?"

"응."

새로운 4대 무왕의 일원, 말리칸 툰은 개천에서 용 난 경우였다.

스승은 퍼플 나이트에 불과했지만 본인은 극도의 노력 끝에 금검기의 경지에까지 오를 수 있었으니까.

"뭐, 그래 봤자 다들 바로스에게 패했지만 말이지."

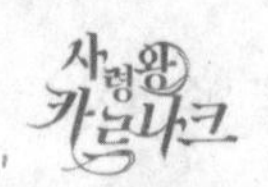

경험 많은 노검사인 드렐타인만이 데스 나이트 로드를 능가했지만, 그마저도 사령왕의 권능 앞에선 결국 무릎을 꿇었다고 한다.

"그렇군요……."

세라티는 홀린 듯이 이야기를 경청하고 있었다.

미래의 일을 안다는 건 누구나 흥미로울 수밖에 없다. 괜히 점쟁이들이 그토록 성황이겠는가?

물론 카르나크가 아는 미래는 이미 꼬여 버렸으니 어찌 될지 모르지만, 그래도 일개 점쟁이보단 적중률이 높지 않겠나?

"그럼 3인의 대마법사는요? 그들 중에도 새로운 대마법사가 나왔나요?"

카르나크가 고개를 저었다.

"아니. 그쪽은 그대로야."

오러 유저와 달리 마법사는 전성기가 비교적 길다.

마법은 정신의 영역, 나이를 먹는다 해도 오러 유저처럼 급격하게 쇠퇴하지는 않는 것이다.

대마법사쯤 되면 강대한 마력으로 어느 정도 젊음을 붙잡아 둘 수도 있었다.

대신 10서클에 도달하는 마법사의 숫자 자체가 월등히 적다.

대마법사가 3명이나 나온 것도 거의 수백 년 만의 일, 원래는 1~2명도 많았다.

"나 때나 지금이나 3인의 대마법사는 변함이 없어."

여명탑주 디오그레스 콜론.

요정족의 총수호자, 기엔 렌.

제국 황실 마법사, 엘레자르 데 리플라시온.

이 시대의 대마법사들이며, 수십 년 뒤 사령왕의 휘하로 들어오는 이들이기도 하다.

세라티의 안색이 살짝 굳었다.

"그들 중 누군가가 카르나크 님처럼 이 시대로 돌아와 이런 사태를 일으키고 있을지도 모른다는 거죠?"

"그렇지. 한 놈만 왔을지, 아니면 더 왔을지는 모르겠지만."

추측이 사실이라면 돌아온 이는 정황상 검은 신의 교단과 매우 밀접한 관계를 맺고 있을 것이다.

"다행인 점은 이제 우리도 단서를 얻었다는 거지."

암흑 추기경 휴델 그렌탈. 여태 파악한 사교단의 일원 중 가장 거물이다.

"그동안은 워낙 잘 숨어 있어 휘둘리며 뒤쫓기만 했지만……."

카르나크의 입가에 미소가 떠올랐다.

"이번엔 이쪽에서 치고 올라갈 차례다."

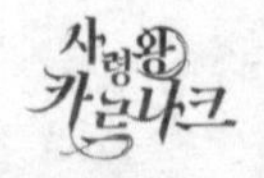

대륙 최대 최강의 국가, 라케아니아 제국.

지상에서 가장 강력한 제국의 수도는 당연히 지상에서 가장 크고 아름다울 수밖에 없다.

테아 크라한은 그야말로 황제의 도시였다.

지평선까지 늘어선 무수한 건물들 사이로 거미줄처럼 복잡하게 얽힌 골목들이 무수히 늘어져 있다. 마치 거인의 모세혈관 같은 광경.

하지만 대로로 나서면 이야기가 다르다. 철저히 규격에 맞춘 네모반듯한 도로들이 각 구획을 바둑판처럼 나누며 제도의 혈관이 되어 무수한 시민들을 옮긴다.

단순히 규모만이 전부가 아니다. 화려함 역시 다른 도시를 압도한다.

다른 곳이었다면 한 도시의 상징이 족히 되고도 남을 거대한 탑과 저택마저 이곳에선 일개 건물일 뿐이다.

걸음걸음마다 하늘을 찌를 듯한 탑들이 줄을 서 있고 곳곳에 예술품처럼 빛나는 저택들이 도시를 장식한다.

그런 제도의 동쪽에 탑 한 채가 세워져 있었다.

화려한 황궁이나 귀족가 저택들에 비하면 지나치게 정갈한, 일견 수수하기까지 한 흰색 탑이었다.

하나 그 누구도, 심지어 황제조차도 이 탑의 주인을 무시할 순 없을 것이다.

이곳은 3인의 대마법사 중 1인이자 제국 최강의 마법사,

엘레자르 데 리플라시온의 마탑이었으니까.

마탑 내부에 위치한, 온갖 들새들이 정교하게 그려진 한 응접실.

풍성한 금발을 곱게 묶은 갈색 피부의 미녀가 소파에 걸터앉아 나른한 표정을 짓고 있었다.

"어떻게 됐니, 휴델?"

미녀 앞에 선 20대의 금발 청년이 공손히 보고를 올렸다.

"의심스러운 인물들을 찾았습니다, 엘레자르 님."

"흐음……."

엘레자르는 휴델이 제출한 서류를 훑어보았다.

40대 중반의 마른 사내와, 역시나 비슷한 나이대 검사의 초상화가 그려진 서류였다.

유스틸 왕국 킹스 오더의 1대대장인 7서클의 마법사, 지켄 에스페로드.

마찬가지로 1대대의 부대장인 청색급 오러 유저, 트리브 라킨스.

서류를 살피던 그녀가 물었다.

"왜 이자들을 의심한 거니?"

"저희가 준비한 마검을 쓰러뜨린 이들이기 때문입니다."

보다 정확히는, 처리하는 과정에서 상당한 양의 사기와 탁기를 남겼기 때문이다.

킹스 오더야 저걸 마검이 남긴 흔적이라고 생각하고 있겠지만 휴델은 사건을 저지른 장본인이다.

"저희는 그게 아니란 걸 명확히 알지요."

전투가 벌어졌고, 마검의 것이 아닌 사기와 탁기가 남았다.

그럼 그 흔적은 마검을 상대한 자의 것일 수밖에 없지 않은가?

심지어, 킹스 오더의 보고서를 빼돌려 확인한 바에 따르면 저들이 마검을 처리할 당시 주위에 아무도 없었다고 한다.

"남몰래 사령술을 쓰기 위해 행동한 듯한 양상으로 보이지요."

또 하나의 이유는, 이들이 강력한 마법사이자 오러 유저라는 점이었다.

사령술을 사용한 정황이 있음에도 마법과 투기를 여전히 구사하고 있다. 마치 검은 신의 교단처럼.

엘레자르가 요구한 '우리가 한 짓이 아닌데 우리가 저지른 짓처럼 보이는 일들'에 딱 맞아떨어진다.

"보다 자세히 조사해야 알 수 있겠지만, 결코 무관한 이들은 아닐 겁니다."

"그렇구나."

엘레자르는 무심한 얼굴로 서류를 넘겼다.

휴델은 꽤나 만족스럽게 일을 처리했지만, 역시 그녀가 원하는 대답까지 가져오진 못했다.

이들이 과연 성역을 침범한 자들일까?

'그렇다기엔 느낌이 좀…….'

어쨌건 단서가 생긴 것은 좋은 일이다.

"이제 어쩔 셈이니?"

"둘 다 제법 거물입니다. 함부로 움직이기엔 위험성이 높지요. 한동안은 뒤를 캐 볼 생각입니다만."

"맡길게."

"예, 엘레자르 님."

그녀는 계속 서류를 뒤적거렸다.

그 모습을 지켜보던 휴델이 문득 생각났다는 듯 말했다.

"과연 본단에서 내려 주신 마검의 힘은 굉장하더군요."

"응?"

"그 검 한 자루로 수백에 달하는 이교도들에게 올바른 신의 가르침을 내릴 수 있었으니까요. 제가 알고 있던 마검과는 전혀 달랐습니다."

엘레자르는 멍한 표정을 지었다.

검은 신의 교단에서 말하는 '올바른 신의 가르침'이란 건 결국 죽음을 의미한다.

'……수백 명을 죽였다고?'

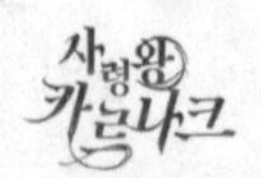

서류의 앞부분이 아닌 뒷부분을 넘겼다. 마검이 유스틸 왕국에서 어떤 일을 벌였는지 보고한 부분이었다.

잠시 후 그녀의 안색이 굳었다.

'어머, 진짜네?'

교단에서 휴델에게 내준 마검은 물론 뛰어난 기물이었다. 마검치고는 꽤나 강력한 축에 속하기도 했다.

어디까지나 마검치곤.

이렇게 세상을 뒤흔들 정도로 어마어마한 물건은 결코 아니었다.

'이상하네. 이렇게 강력한 마검은 있을 수가 없는데.'

의아해하며 엘레자르가 물었다.

"이 마검, 어떤 식으로 운용했지?"

의외의 질문에 휴델이 말을 더듬었다.

"그, 그냥 평범하게 운용했습니다만?"

중요한 건 마검이지 숙주가 아니다. 그래서 적당히 고아 소녀 하나 납치해 마검 쥐여 주고 세상에 던졌다. 그게 전부다.

"혹시 마검에 깃들인 영혼이 뭔가 특별했니?"

"그건 제 안목으론 알아볼 수가 없어서……."

한참 고민하던 엘레자르가 명령을 내렸다.

"이거, 도로 챙겨 오렴."

휴델이 난처한 반응을 보였다.

"이미 검의 악령은 사라졌습니다. 이제 와서 뭔가 알아낼 순 없을 것 같은데요."

하지만 그녀는 단호했다.

"그래도 수거해. 왠지 감이 안 좋아."

드룬타에 돌아온 뒤 카르나크는 킹스 오더 정보부에 암흑 추기경 휴델에 대한 탐색을 맡겼다.

세상은 넓고 인간은 많으니, 고작 이름 몇 자만으로 사람을 찾는 것은 불가능에 가깝다. 그러나 인상착의와 출신지까지 파악하고 있다면 난이도는 확 낮아지는 것이다.

보름 뒤, 카르나크는 원하던 정보를 받았다.

"라케아니아 제국 귀족, 휴델 그렌탈. 성별 남(男). 나이 28세. 유스틸 왕국 서부 국경과 인접한 그렌탈 백작가의 가주라……."

서류를 마저 살피며 카르나크가 흥미롭다는 표정을 지었다.

"이거 웃긴 놈이네."

원래 휴델은 영주가 될 운명이 아니었다.

위로 형이 무려 셋이나 있었고, 전 영주였던 아버지 역시 60대이긴 했지만 비교적 건강한 편이었다.

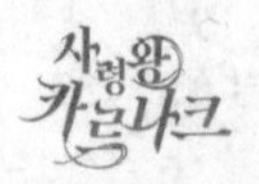

이변이 일어난 것은 종말의 어둠이 뿌려진 이후.
정체불명의 사령술사가 나타나 그렌탈 영지를 공격했다.
그 와중에 전 영주가 죽고, 세 형들마저 모두 저주에 걸려 앓다 죽었다.
망조가 든 영지를 구한 것이 바로 휴델이었다.
그는 20대 후반이라는 젊은 나이에도 뛰어난 지도력으로 영지 기사들을 부려 사령술사를 쫓았고, 결국 범인을 색출해 처형하는 데 성공했다. 그리고 가신과 영지민의 전폭적인 지지하에 그렌탈 백작가의 새로운 가주가 되었다고 한다.
"어째 인생 역정이 누구랑 굉장히 비슷하잖아?"
바로스가 실실 웃으며 말했다.
"그러게요. 도련님이랑 판박이인데요, 이거?"
정체불명의 사령술사 때문에 부모가 죽고, 가문을 물려받을 형들도 다 죽고, 홀로 남아 영지를 꿀꺽 삼켰다?
휴델이 암흑교단의 추기경이란 걸 생각하면 저 '정체불명의 사령술사'가 누구였는지는 의심할 여지조차 없다.
이거야말로 시공 회귀 전 젊은 카르나크가 세웠던 계획이 아닌가?
다른 점이 있다면 당시의 카르나크는 결국 정체가 들통 나 쫓겨 다녔지만, 휴델은 성공적으로 가문을 차지했다는 것뿐이다.
"우연의 일치라기엔 좀 신기하네요. 두 사람의 운명이 이토록 비슷하다니…….”

세라티의 말에 카르나크와 바로스가 코웃음을 쳤다.

“하나도 신기할 거 없거든.”

“사령술을 익힌 놈들 하는 짓이 거기서 거기라서 그래요.”

“차라리 필연의 일치라 해야겠지. 이게 문법에 맞는 표현인지는 모르겠지만.”

참고로 현 시각은 깊은 밤.

착한 아이는 일찍 자고 일찍 일어나야 한다는 세라티의 조언에 따라 라피셀은 일찌감치 침대에 들어가서 도롱도롱 잠들어 있다.

안심하고 속사정 아는 이들끼리만 떠들 수 있는 것이다.

뭐, 그래도 혹시 몰라 음파 차단 결계 정도는 펼쳐 놓았지만.

“어쨌거나, 이놈을 잡으면 된다 이거죠?”

바로스가 흥미롭다는 듯 물었다.

“얼마나 셀까요?”

휴델 그렌탈은 오러 유저나 마법사가 아니다. 기사 수업 정도야 받았지만 어디까지나 행정이 주 업무인 전형적인 지방 영주다.

하지만 그의 진짜 정체를 감안하면 상당히 강력한 사령술사일 수밖에 없으리라.

“적어도 데츠라스보단 위겠지?”

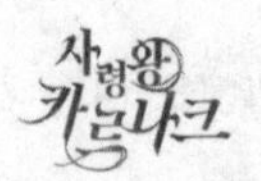

대꾸하며 카르나크가 서류를 툭툭 쳤다.

"문제는 이놈이 세고 약하고가 아니야."

라케아니아 제국이 남의 나라라는 게 문제였다.

국경을 초월해 전 대륙에 영향력을 끼치는 7여신교와 달리, 킹스 오더는 엄연히 유스틸 왕국의 특무기관이다. 제국에선 아무런 권한이 없다.

"타국 놈들이 자기 나라 귀족을 잡으려 드는데 그걸 그냥 놔둘 리가 없잖아."

조용히 듣고 있던 세라티가 질문을 던졌다.

"제국 쪽에 미리 알리는 건요?"

라케아니아 제국에도 킹스 오더 같은 조직이 존재한다.

파사(破邪)의 여단.

실버 나이트 클리프 폰 산드레아스가 여단장으로 있는 황제 직속의 대(對)사교도 전문 기관이었다.

"그쪽이랑 몰래 접촉해서 움직이면 되지 않을까요?"

카르나크는 고개를 저었다.

안 그래도 킹스 오더 역시 비슷한 생각은 이미 한 모양이었다.

"첩자로 의심이나 안 받으면 다행일 거라더라."

라케아니아 제국과 유스틸 왕국이 속한 7왕국 연합은 오랜 앙숙이다.

게다가 킹스 오더나 파사의 여단 같은 특수 임무를 띤 조직은 그 특성상 자국의 타 기관과도 협조성이 떨어지는 법이다.

그런데 적국의 조직끼리 협력을? 잘도 그러겠다.

"게다가 파사의 여단을 믿을 수도 없고 말이지. 여단 내에 사교도에 매수된 놈이 있을지 어떻게 알아?"

완전히 똑같은 이유로, 파사의 여단도 킹스 오더를 믿을 수 없다.

"과연, 킹스 오더로는 움직일 수 없단 소리네요."

잠시 고민한 세라티가 다시 의견을 냈다.

"그렇다면 7여신교의 어둠사냥꾼 신분이라면 어때요? 흔쾌히 도와줄 사람을 알고 있잖아요, 우리."

이해한 카르나크의 표정이 밝아졌다.

"아, 그 친구 말이지?"

유스틸 왕국 북부, 데라트 시티의 하토바 신전.

"……제국의 영토에 잠입해 사교단의 핵심 멤버를 붙잡는다고요?"

과연 알리우스는 흔쾌히 승낙했다.

"당연히 해야죠! 저 빼놓으시면 서운했을 겁니다!"

카르나크 일행과 헤어진 후에도 그는 꾸준히 어둠사냥꾼

의 협력하에 많은 사령술사들을 처리하고 다녔다.

그 공을 인정받아, 이젠 데라트 시티를 넘어 유스틸 왕국 북부 전역의 하토바 교단 심문관들을 관리하는 주교의 위치까지 오른 상태였다.

아직 20대라는 걸 감안하면 실로 엄청난 출세다.

"덕분에 요샌 외부 활동보다 신전 내에서 서류 작업하는 일이 더 많아요. 안 그래도 몸이 근질근질하던 참입니다."

안락한 신전 대신 고생스러운 현장으로 향하게 되었음에도, 알리우스는 실로 기쁜 듯 웃고 있었다.

"세상이 날로 혼탁해져 수많은 신민들이 고통받는데 내 한 몸 편하겠다고 신전에 처박혀 있을 수야 있겠습니까? 그런 놈은 인간쓰레기죠!"

세상이 엿 되건 말건 영지에 처박혀 안빈낙도하려던 두 놈이 애써 시선을 피했다.

"아, 어, 그, 그런가?"

"그, 그렇죠, 네, 음……."

"왜들 그러십니까, 두 분?"

"아니, 아무것도."

그렇게 카르나크 일행은 하토바 교단의 어둠사냥꾼으로 돌아왔다.

서류 작업하기는 쉬웠다.

애초에 알리우스의 협력자들이었다. 처박아 두었던 옛 서류를 도로 꺼내 그냥 사인만 받으면 끝이었다.

다른 준비도 전부 알리우스가 맡았다.

제국까지의 여정을 짜고, 필요한 물품을 챙기고 튼튼한 준마도 마련했다. 카르나크 일행이 한 것이라곤 그냥 경비를 댄 것밖에 없었다.

"그래도 공짜는 아니군요?"

"신도들의 소중한 헌금입니다, 카르나크 공. 한 푼이라도 허투루 쓸 수 없지요."

"이쪽도 공무원의 소중한 월급입니다만?"

"집안 잘사시는 거 알거든요?"

하토바 교단이 전폭적으로 밀어주니 준비는 금방 끝났다.

바로 다음 날, 카르나크 일행은 만반의 준비를 갖춘 채 데라트 시티의 동부 관문에 서 있었다.

말고삐를 쥔 채 알리우스가 유쾌하게 외쳤다.

"갑시다, 제국으로!"

뒤를 따르며 헛웃음을 흘리는 바로스였다.

"우리보다 더 신났네요, 저 양반."

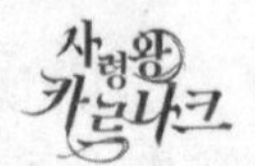

마녀의 숲

대륙 중서부를 남북으로 가로지르는 대지의 척추, 바라칸트 산맥.

제스트라드 영지와 인접한 제덴 산맥의 본류이자, 라케아니아 제국과 유스틸 왕국의 국경이기도 한 드넓은 지역이다.

그 바라칸트 산맥 북부의 험준한 산악 지대에서 잘 무장한 20명의 전력이 산등성이를 따라 이동하고 있었다. 제국과 왕국의 관문인 스윈들러 성채를 지키는 국경 수비대였다.

좌우로 펼쳐진 가파른 골짜기 사면을 내려다보며 수비대장이 물었다.

"추적은 잘되고 있나, 펠릭스?"

앞장서서 사방을 살피던 법복 차림의 30대 사내가 어깨를 으쓱였다.

“문제없습니다.”

바람과 하늘의 여신, 사이샤의 성직자이자 2급 심문관의 위계를 가진 그에게 이 정도로 노골적인 어둠의 흔적은 명확한 이정표나 다름없다.

“아예 흔적을 감출 생각조차 없어 보이는군요.”

“어둠의 기운이 강렬하다는 의미인가?”

“아뇨, 약합니다. 그냥 질질 흘리고 다닐 뿐인 거죠.”

“즉, 약한 데다 부실하기까지 하단 소리군?”

“적어도 고위 사령술사가 아닌 건 틀림없습니다.”

둘의 대화에, 뒤를 따르던 수비대원들이 안도의 미소를 지었다.

“다행이구만.”

“기껏해야 좀도둑일 뿐이었나 본데?”

“그래도 어둠의 힘을 다루니까 마녀인 건 맞지.”

수비대장이 진지한 표정을 지었다.

“다들 너무 긴장을 풀지는 말게. 피해가 제법 큰 것은 사실이니.”

스윈들러 성채에 물자를 공급하는 인근 산촌 에스크.

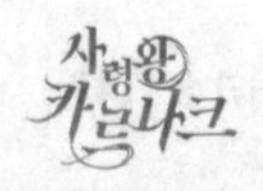

한 달여 전부터 이 마을에서 묘한 사건이 터지고 있었다.

기이하다면 기이하고, 평범하다면 평범한 사건이었다.

'마녀가 계란을 훔쳐 갔습니다요!'

'마녀가 닭을 훔쳐 갔습니다요!'

'마녀가 개를 훔쳐 갔습니다요!'

웬 정체불명의 노파가 밤마다 출몰해 좀도둑질을 시작한 것이다.

국경 수비대가 처음부터 이를 알고 있었던 것은 아니었다.

그냥 주민들끼리 자체적으로 도둑놈 잡으려 움직일 뿐이었으니.

마녀란 표현도 그다지 어색하지 않았다.

상대는 늙은 노파였고, 요샌 뭔 일만 터지면 죄다 종말의 어둠을 탓하는 게 유행이었다.

하지만 시간이 지나며 점점 상황이 이상해졌다.

'마녀가 돼지를 훔쳐 갔습니다!'

'마녀가 우리 집 소를! 아이고!'

어째 스케일이 자꾸 커져만 갔다.

마을 주민들만으론 어찌할 수 없어 스윈들러 성채까지 나서야 할 정도로.

국경 수비대에서 정식으로 조사에 나섰다. 그리고 당황했다.

마녀가 소와 돼지를 훔쳐 간 방식이 영 심상치 않았다.

왜냐고? 계란과 닭을 훔친 것과 똑같은 방식이었거든.

"들고 갔습니다!"

"응? 들고 가다니?"

"말씀드린 그대로입니다! 손으로 들고 날랐다니까요!"

촌로의 증언에 수비대장은 그저 눈만 껌뻑거려야 했다.

"……그 큰 소와 돼지를? 노파 혼자서?"

"예!"

아직도 눈에 선명하다.

어깨에 소를 짊어지고 담벼락을 넘던, 어둠 속에서 피처럼 시뻘건 눈동자를 빛내며 광소를 터트리던 무시무시한 할매의 모습이!

-케헬헬헬! 이 녀석은 이 몸이 챙겨 가 든든하게 몸보신을 해야 쓰겄다!

"……라던데요?"

"……."

수비대장은 침묵했다.

노인이 당황하며 말을 이었다.

"절대 거짓말을 하는 게 아닙니다, 나리!"

"어, 나도 그대가 거짓말을 하고 있다고 생각하진 않소."

단지 촌로가 요새 몸이 허하진 않은지, 혹은 기억이 깜빡거리는 증상이 있진 않은지 의심했을 뿐이다.

"사악한 마녀의 악행이라기엔 어째 그림이 좀 이상하지 않나?"

"남의 집 소를 들고 나른 것보다 더 사악한 짓거리가 어디 있단 말입니까!"

"그, 그렇긴 한데……."

어쨌든 피해가 생긴 건 틀림없는 사실이다.

소와 돼지가 사라진 자리에 사기와 탁기가 남아 있는 것도 사실이었다.

수비대장이 진지하게 말했다.

"알겠네. 우리가 처리하도록 하지."

걸음을 옮기던 수비대원 1명이 실소를 흘렸다.

"이거, 따지고 보면 우리 일은 아니지 않습니까? 우리는 엄연히 국경 수비대인데요."

종말의 어둠 건이니 7여신교에 연락해 어둠사냥꾼을 보내달라고 해야 하지 않냐는 소리였다.

펠릭스 신관이 고개를 저었다.

"안 그래도 연락은 취했습니다만, 아마 지원 병력이 올 가능성은 적을 겁니다."

어둠 관련 사건은 여전히 너무나 많고, 이를 담당해야 할 인원은 항상 부족하다.

이런 산골 마을의 이상한 마녀 이야기는 신전 입장에선 그리 우선순위가 높지 않으리라.

다른 수비대원들이 투덜거렸다.

"그러니까 여긴 시골이라 무시한다는 소리잖소?"

"하여튼 만날 화려한 도시만 신경 쓰고, 우리 같은 시골 사람들은 뒤로 밀린다니까!"

펠릭스가 수비대원들을 달랬다.

"그럴 리가 있겠습니까? 여신님의 은총은 온 누리에 공평하게 내리십니다."

"그럼 왜 우리에겐 아무도 안 보내 주는 건데요?"

"보내셨습니다."

"네?"

"그래서 제가 여기 있는 것 아닙니까?"

생각해 보니 2급 심문관인 펠릭스가 스윈들러 성채에 상주하는 것부터가 보통 일이 아니긴 했다.

그냥 만날 얼굴 보고 살다 보니 그 자리에 있는 걸 당연하게 느꼈을 뿐.

"그, 그렇구려……."

"신관님께 실례를 범했구만. 미안하오."

그렇게 계속 이동하다 보니 어느덧 해가 저물어 간다.

문득 펠릭스 신관이 능선 저편을 가리켰다.

"발견했습니다, 대장님."

어둠이 깔린 산비탈의 초지, 흔들리는 들풀 사이로 왜소한 그림자 하나가 우두커니 서 있었다.

허름한 앞치마를 두른, 전형적인 농민 복장의 노파였다.

그녀를 본 수비대장이 무심코 중얼거렸다.

"……마녀로군."

다른 수비대원들도 비슷한 표정이었다.

"와, 마녀다."

"진짜 마녀네."

"너무 마녀인데?"

뭔가 괴상한 표현들을 읊고 있지만, 그럴 이유가 있었다.

헝클어진 백발에 늙고 주름진 얼굴, 사마귀가 돋은 매부리코와 주걱턱에 작고 깡마른 체구까지.

그림으로 그린 듯한 마귀할멈 그 자체였다.

일부러 마녀 역할 시키려고 분장해도 저 정도는 아닐 것 같았다.

수비대원들이 수군거리기 시작했다.

"저쯤 되니 오히려 미심쩍은데요?"

"아무리 마녀라지만 저렇게까지 전형적으로 생길 수가 있나?"

"실은 그냥 인상 안 좋은 할머니일지도?"

펠릭스도 애매한 표정이었다.

"일단 어둠의 흔적을 쫓아온 거긴 합니다만……."

국경 수비대를 빤히 보던 노파가 입을 열었다.

"총각들은 대체 어쩐 일로 이런 곳에 오셨수?"

수비대원 중 1명이 일단 운을 떼어 봤다.

"할멈, 이 근처에서 뭔가 이상한 일을 본 적이 없소?"

"이상한 일? 모르겠는디?"

태연히 대꾸하며 노파가 잠시 품을 뒤지더니 뭔가를 꺼냈다.

"과자라도 하나 드시려오?"

번들거리는 생물체의 안구였다.

그것도 뽑은 지 얼마 되지 않은 듯, 혈관이며 신경까지 연결되어 있는.

동시에 노파의 두 눈이 시뻘겋게 빛나기 시작했다.

"맛있을낀다."

화들짝 놀란 국경 수비대원들이 뒤로 물러섰다.

"헉!"

"으익!"

"젠장! 마녀 맞잖아!"

검을 뽑아 들며 수비대장이 고함을 질렀다.

"전원, 전투태세로!"

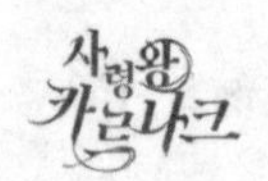

바라칸트 산맥이 유스틸 왕국과 라케아니아 제국의 국경이라지만, 엄밀히 말하면 산맥의 대부분은 제국의 소유다. 왕국의 영역은 산맥 초입에서 끝이란 소리다.

제국 서부 관문 중 하나인 스윈들러 성채도 그 바라칸트 산맥 초입에 위치해 있었다.

성채 입구로 말을 몰고 가며 바로스는 주위를 둘러보았다.

"어우, 사람 많네요."

슬슬 겨울이 다가오고 있어 날씨가 상당히 쌀쌀하다.

성채 입구에는 두꺼운 털옷을 거친 여행자들이 늘어서 있었다. 대부분 제국과 왕국을 오가는 행상들이었다.

오랜 앙숙인 라케아니아 제국과 7왕국 연합, 이들은 시대에 따라 때론 전쟁을 벌이고 때론 평화를 유지하는 관계였다.

현재는 국가적 교류까진 하지 않아도 민간의 교역은 허락한 상황이라 행상의 줄이 꽤나 길었다.

망토를 여미며 카르나크가 투덜거렸다.

"우리도 줄 서야 하나? 추운데."

"괜찮습니다."

알리우스가 어깨를 으쓱였다.

"여신의 종들에겐 소소한 특권이 있으니까요."

7여신교는 국경을 초월해 전 대륙에 퍼져 있으니, 대부분의 국가가 성직자들이 국경을 넘을 때에는 우선적으로 편의를 봐주곤 한다.

하물며 현재는 온 세상에 어둠의 세력이 창궐하는 시대.

성직자가 와 준다는 건 그만큼 어둠의 세력이 약화된다는 걸 의미한다.

알리우스 같은 강력한 신관이라면 쌍수 들고 환영할 일인 것이다.

알리우스는 태연하게 줄을 제치고 앞으로 나섰다.

새치기한다고 투덜대는 이들은 없었다. 병사들도 당연하다는 듯 그부터 접수해 주었다.

"하토바 교단의 1급 심문관, 알리우스입니다. 이분들은 저희 교단의 협력자인 어둠사냥꾼들이고요."

관문 병사들이 서류를 잠시 관찰했다.

딱히 문제는 없었다. 이들의 신분은 전부 하토바 교단이 증명하고 있었다.

"다들 뛰어난 어둠사냥꾼분들이시군요."

다만, 조금 이해가 안 가는 부분은 있었다.

"그런데……."

병사 중 1명이 일행 중 1명을 돌아보며 물었다.

"혹시 저 아이도 어둠사냥꾼입니까?"

세라티 뒤에 서서 신기한 듯 주위를 둘러보는 잿빛 머리

소녀, 라피셀이었다.

현재 그녀는 세라티의 제자 신분으로 일행과 함께 움직이고 있었다.

당연하지만 알리우스도 처음엔 기겁을 하며 반대했다.

–저 아이도 제국에 함께 간다고요? 너무 어리지 않습니까?

상식을 지닌 어른이 할 소리가 아닌 것이다.

사실 카르나크도 저 의견엔 전적으로 동의하는 바다.

하지만 아직은 라피셀을 눈 밖에 둘 수 없었다. 혹시 기억 봉인에 문제라도 생기면 어쩌려고?

좀 더 살펴봐야 할 시기였다.

하지만 이걸 대놓고 말할 순 없으니 적당히 둘러댔다.

–세라티 경이 그 아이를 데리고 가기로 결정했습니다.

–아, 그렇다면 어쩔 수 없군요.

제자 육성 방침은 스승의 몫, 외인인 알리우스가 왈가왈부할 일이 아니었다.

게다가 기사들 중엔 어릴 때부터 종자를 데리고 다니며 현장을 익히게 하는 경우도 꽤 많다. 일찌감치 전장을 겪어야 빠르게 강해진다는 이유다.

제국의 관문 병사들 역시 저런 이야기는 익히 들어 알고 있었다. 그래서 더 이상 따지지 않고 일행을 통과시켰다.

그저 안쓰러운 듯 라피셀을 바라볼 뿐이었다.

"바라칸트 산맥은 저런 아이가 넘기엔 많이 험할 텐데……."

"어휴, 유스틸 왕국은 제자를 무섭게 굴리는구먼."

스윈들러 성채는 방어 요새이자 교역 마을.

관문을 통과해 두꺼운 성벽 밑을 벗어나 조금 걸으니 성채 마을이 나왔다.

중앙의 작은 연못 주위로 여행자들을 대상으로 하는 여관과 술집, 잡화점 등이 있고 그 주변으로 민가가 좀 보였다.

막 여관을 찾아 마저 말을 몰고 가는데, 저 멀리서 한 무리의 병사들이 달려왔다.

'음?'

'무슨 일이지?'

그들을 이끄는 이는 제국의 제식 갑옷을 입은 중년 기사였다.

그가 일행에게 다가오더니 다급하게 물었다.

"하토바 교단의 알리우스 신관님이신가?"

"그렇습니다."

"1급 심문관이라 들었네. 맞나?"

알리우스는 살짝 인상을 찡그렸다. 꽤나 오만한 말투였다.

"……그렇습니다만?"

고압적인 목소리가 이어졌다.

"나는 파사의 여단의 레오콜트라고 한다."

흠칫 놀란 바로스와 세라티가 서로를 바라보았다.

[파사의 여단?]

[그, 제국 버전 킹스 오더라는?]

이런 곳에서 만날 거라곤 생각지도 않았던 상대였다.

알리우스는 잠시 분위기를 살폈다.

기사뿐 아니라 다른 이들도 표정이 하나같이 딱딱했다.

"무슨 일이라도 있는 겁니까?"

"그렇다."

중년 기사, 레오콜트가 무뚝뚝한 얼굴로 고개를 끄덕였다.

"마녀가 나타났다."

아무리 다급해도 길거리 한복판에서 중대한 이야기를 나눌 순 없는 법이다.

"일단 자리를 옮기지."

손가락을 까닥거린 뒤 레오콜트가 쌩하니 몸을 돌려 먼저 걸어갔다. 이쪽이 따라가겠다는 대답을 하기도 전에 움직인 것이다.

제국에 처음 와 본 세라티가 황당해하며 속삭였다.

[뭐죠? 이쪽을 무슨 부하 취급하네요?]

반면 카르나크와 바로스는 전생 때 라케아니아 제국을

다녀온 적이 있다. 그래서인지 둘 다 그러려니 하는 얼굴이었다.

[원래 제국민들은 7왕국인을 무시하는 경향이 있지.]

[그나마 알리우스 씨가 고위 성직자라 나름대로는 예의를 차린 걸 거예요, 저게.]

아직 젊은 알리우스 역시 제국에 가 본 경험 따위 없었다. 당황한 그가 카르나크 일행의 눈치를 보았다.

"어쩝니까?"

"사정을 듣는 것 정도야 문제가 되겠습니까?"

카르나크 일행은 일단 레오콜트의 뒤를 따랐다.

저들은 스윈들러 성채 외곽의 병영 하나를 임시로 사용하고 있었다.

테이블이 마련되고, 조촐한 허브 차가 일행 앞에 놓였다.

"드시게."

"아, 예, 감사합니다."

차 대접을 받은 이는 알리우스 1명뿐이었다. 나머지는 아예 존재하는 사람 취급도 안 한다.

그 광경에 카르나크와 바로스는 추억에 잠겼다.

[모범적인 제국 귀족이네, 아주.]

[옛날 생각나네요. 예전에도 제국 놈들은 이 모양이었는데.]

보아하니 오래 있어 봐야 좋은 꼴을 볼 것 같지 않았다.

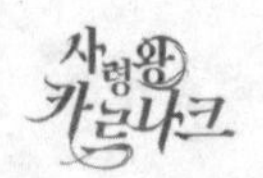

대충 이야기만 듣고 떠나야겠다고 생각하며 알리우스가 차를 홀짝거렸다.

"대체 무슨 일이기에 그러십니까?"

레오콜트가 입을 열었다.

"며칠 전의 일일세……."

⁂

마녀가 나타났다.

좋았던 옛 시절에 누군가 이렇게 떠들고 다니면 다들 비웃었을 것이다.

–이보게, 애들 동화를 너무 열심히 읽은 것 아닌가?

지금은 다르다.

–진짜 마녀란 소리인가, 아니면 또 흔해 빠진 헛소리인가?

종말의 어둠은 남녀노소를 가리지 않는다. 어둠의 힘으로 타락한 나이 든 여성도 충분히 있을 수 있다.

마녀는 이제 실존하는 공포가 되었다.

하지만 유언비어도 장난 아니게 퍼지고 있었다.

시골의 무지렁이들 중엔 죄 없는 여성들을 마녀라 부르며 관용구 그대로 '마녀사냥'을 하는 자들도 허다했다.

물론 이런 경우엔 신전에서 엄격하게 징벌을 내리니 실제 피해자가 나오는 일은 많지 않지만.

진짜 심각한 사건일 수도 있고, 반대로 굉장히 별것 없을 수도 있는 것이다.

여신의 교단이 직접 나서긴 애매한, 하지만 무시할 수도 없는 상황.

"그래서 스윈들러 국경 수비대에서 확인에 들어갔지."

국경을 수비한다는 건 국경을 침탈하려는 모든 공격에 대비한다는 것.

마녀가 국경 인근 마을을 공격했으니 이 역시 조금 억지를 부리면 국경 수비대의 업무라는 이유였다.

뭐, 진짜 이유는 친하게 지내는 마을 어르신들의 근심 걱정 좀 덜어 드리겠다는 쪽이고.

수비대장이 베테랑 병사 20명을 이끌고 마녀를 찾아 나섰다.

스윈들러 국경 수비대가 무슨 엄청난 최정예 병력이라 할 순 없다. 오러 유저나 상급 마법사가 속해 있지도 않다.

그래도 국경을 지키는 이들인 만큼 실력은 제법 있는 편이었고, 그래서 이때까지만 해도 사안을 심각하게 여기는 이는

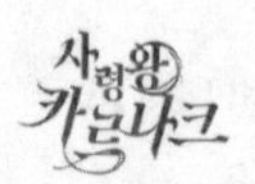

없었다.
문제가 된 건 사흘 뒤였다.
"전원, 돌아오지 않았다."
레오콜트의 말에 알리우스가 눈을 깜빡였다.
"돌아오지 않다니요?"
"말 그대로다. 실종되어 버렸다."
"죽었거나 한 게 아니라요?"
"그렇다. 생사도 알 수 없다."
세라티가 고개를 갸웃거렸다.
'흔한 마녀 이야기 같네?'
한번 들어간 이는 다시 나오지 못한다는, 안개가 자욱하게 낀 저주받은 마녀의 숲.
저잣거리 아이들 동화의 단골 소재다.
[저런 식의 사령술도 있나요, 카르나크 님?]
[병사 20명을 사라지게 만드는 술법? 너무 많아서 하나를 콕 집을 수도 없을 정도인데.]
하여튼 수비대원들이 행방불명이 되니 그제야 난리가 났다.
스윈들러 성채의 군장, 드메타스 준남작도 고민에 빠졌다.
수색대를 꾸리자니 또 마녀에게 당할까 두려웠다.
인근 대신전에 협력을 요청하기에는 시간이 없었다.
연락을 받은 교단이 조치를 취하려면 족히 보름은 걸릴 터였다. 사라진 이들이 어찌 되었을지 모르는데 보름씩이나 지체할 순 없지 않은가?

그래서 때마침 성채에 머무르고 있던 파사의 여단이 나서게 되었다는 것이다.

카르나크가 물었다.

"그런데 어찌하여 파사의 여단에서 나선 겁니까? 여단은 사교단들만 상대하지 않나요?"

레오콜트는 눈살을 찌푸렸다. 허락도 하지 않았는데 이야기에 끼어드는 것이 불쾌하다는 표정이었다.

하지만 대답은 해 주었다.

"여단의 본임무는 아니다. 어디까지나 제국을 위한 사적인 봉사일 뿐이지."

그렇게 안 보이긴 하지만, 레오콜트 나름대로는 열심히 카르나크 일행의 눈치를 보고 있었던 것이다. 어쨌거나 현재 아쉬운 건 그쪽이었으니까.

알고 보니 주위의 병사들 전원이 파사의 여단인 것은 아니었다.

여단 소속은 레오콜트와 또 1명의 30대 기사 레스테인, 그리고 마법사의 로브를 걸친 사내 스트로노프뿐. 나머지는 기존의 스윈들러 국경 수비대원들이다.

"우린 오랜만에 휴가를 얻어 고향에 다녀오던 길이었다. 이곳 역시 제도로 복귀하는 길에 잠시 들른 것에 지나지 않지."

그때 마침 마녀 사건이 터졌고 레오콜트와 친분이 있던 드메타스 준남작이 도움을 요청했다.

귀족답게 오만한 레오콜트였지만, 동시에 귀족답게 자신에게 '아랫것들'을 보살필 의무가 있다는 사실도 인지하고 있었다. 바로 승낙했다.

"시급한 사안이고 사람들의 목숨이 걸린 일이다. 어찌 거절할 수 있겠는가?"

여단의 본업에 비하면 쉬운 일이라는 이유도 있었다.

어둠 관련 사건은 주위에 남은 사기와 탁기로 대략적인 위험도를 유추할 수 있는 법이다.

마녀가 남긴 어둠의 흔적은 그리 대단하지 않았다. 국경수비대 수준에선 제법 벅차겠지만……

"우리라면 충분히 감당할 수 있지."

대사령술 전문가인 파사의 여단 출신 적색급 오러 유저가 2명에 6서클 마법사 1명, 여기에 노련한 국경 수비대원 10명이 붙었다. 충분하다 못해 넘치는 전력이었다.

그런데 문제가 생겼다.

"성직자가 없더군."

정확히는, 어둠에 맞설 줄 아는 심문관 훈련을 받은 성직자가 없었다.

아무리 마녀를 해치우기 충분한 전력이라 해도 일단은 목표를 찾는 것이 우선이다. 그리고 동네 신전의 삼류 신관들은 마녀 추적에 별 도움이 되질 않는다.

그런데 하필 이 일대의 유일한 심문관인 펠릭스가 수비대장과 함께 행방불명된 것이다.

"그렇다고 새 심문관이 오길 기다리기엔, 아까도 말했듯 시간이 없지."

이러지도 저러지도 못하고 초조해하고 있는데 마침 관문에서 1급 심문관이 제국으로 향한다는 소식을 접했다.

혹시나 길이 엇갈리면 어쩌나 초조해하며 급하게 달려온 것이다.

"이런 이유로, 그대의 협력을 바라는 것이다."

"그렇군요……."

알리우스는 고개를 끄덕였다.

솔직히 협력하고 싶다. 하지만 동료가 있으니 물어보지도 않고 혼자서 결정할 순 없다.

"알겠습니다, 일행과 의논해 보지요."

레오콜트가 살짝 안색을 굳히며 말을 이었다.

"뭔가 오해가 있었나 보군. 난 알리우스 심문관, 그대의 협력을 원한다고 했다."

싸늘한 시선이 카르나크와 바로스, 세라티를 스쳐 지나간다.

"저들이 아니라."

"네? 이분들도 강력한 어둠사냥꾼들입니다만."

"나도 눈이 있으니 이들이 오러 유저라는 것 정도는 알고 있다."

오러 유저는 다른 오러 유저를 알아볼 수 있다. 작정하고 감추려 들지 않는다면.

"하지만 저들은 제국민이 아니지."

엄격한 목소리로 레오콜트가 선언하듯 말했다.

"제국의 백성은 제국의 손으로 지킨다."

황당해하며 알리우스가 물었다.

"저도 유스틸 왕국인인데요."

"여신의 종은 국가를 초월하는 이들이 아닌가?"

당당하게 대꾸하는 그를 보며 세라티는 속으로 혀를 찼다.

[뭐래요, 이 인간? 도와준다고 한 적도 없는데 필요하니 없다느니.]

카르나크와 바로스가 쓴웃음을 지었다.

[아까 말했잖아, 제국 귀족들 분위기가 저렇다고.]

[아주 7왕국인 무시하는 게 무의식 속에 깔려 있어요.]

표정을 관리하며 알리우스가 대꾸했다.

"어쨌든 잠시 의논은 하겠습니다. 저 혼자 협력한다 해도 저 때문에 모두의 일정이 늦춰지니까요."

"그러시게나. 시간이 넉넉지 않긴 하지만 몇 분도 할애하지 못할 정도도 아니니."

잠시 레오콜트가 자리를 비우고 카르나크 일행만 남게 되었다.

“거참, 제국에 발을 디디자마자 바로 이런 일이 생길 줄은 몰랐는데…….”

머리를 긁으며 알리우스가 물었다.

“어떻게 생각하십니까? 저 혼자만 다녀와도 될까요?”

세라티는 아무 문제 없지 않겠냐는 반응이었다.

“좋은 일 하는 거잖아요? 반대할 이유가 없지 싶은데요.”

바로스 역시 마찬가지.

“크게 위험할 일은 없을 것 같네요.”

파사의 여단이라면 킹스 오더를 능가하는 제국의 강력한 특무기관이다. 저들은 여단 내에선 말단으로 보인다만, 어쨌든 뛰어난 오러 유저이자 마법사임에 틀림없다.

지금 전력만으로도 킹스 오더의 대대급에 필적하니 어지간해선 위기에 빠질 일은 없으리라.

카르나크도 썩 내키진 않지만 찬성했다.

“일정에도 큰 문제는 없을 것 같군요.”

어차피 휴델을 포획하는 건 신중하게 접근할 일이었다.

미룰 일은 아니지만, 그렇다고 서두를 일도 아니다. 며칠 늦어진다고 별일 생기진 않는단 소리다.

“무엇보다 제국의 영토에서, 제국 귀족의 심기를 거스르는 것은 현명한 일이 아니지요.”

그가 내키지 않았던 부분은 어디까지나 ‘자신을 빼고’ 마녀사냥을 한다는 점이지, 마녀사냥 자체가 아니었다.

파사의 여단에 인맥을 만들어 둔다는 면에서 볼 땐 나쁘지 않은 선택지다.

"마음 편히 다녀오시죠. 우린 느긋하게 여관에서 기다리고 있을 테니까요."

스윈들러 성채는 교역로를 겸하는 곳답게 여관이 제법 많았다.

애초에 이런 산골에서 제대로 농사를 짓거나 하긴 힘들고, 사냥이나 목축도 한계가 있다. 길 넘어가는 이들에게 서비스를 제공하는 여관업이 본격적으로 발달할 수밖에 없는 것이다.

주위를 둘러보며 세라티가 물었다.

"어디에서 묵나요?"

간판들을 살피며 바로스가 대꾸했다.

"알리우스 씨가 추천한 곳이 있었는데…… 아, 저기다."

바로스가 가리킨 곳은 『팔파토의 노래』라는 여관이었다.

그리 눈에 띄지는 않는 2층 건물이었는데, 적당히 크고 적당히 허름한 느낌이다.

세라티가 의아해하며 카르나크를 돌아보았다.

"웬일이세요? 항상 고급스러운 여관만 찾으시더니."

카르나크와 바로스가 초롱초롱 눈을 빛냈다.

"여기가 음식을 제일 잘한대!"

"여관이 지녀야 할 가장 중요한 덕목이지요!"

알리우스의 추천은 틀리지 않았다.

잘 구워진 빵과 산채 수프, 치즈를 발라 으깬 감자와 볶은 꿩 요리를 앞에 두고 두 사람이 게걸스레 음식을 입에 넣었다.

"오옷! 이거 맛있다!"

"이것도 맛있는데요?"

"좋구나, 세상 싸돌아다니는 맛이 난다."

"예전에도 이랬다면 얼마나 좋았을까요? 그때도 싸돌아다니긴 마찬가지였는데."

그리고 그 옆에서 우아하게 식사 중인 붉은 머리의 미녀.

"어휴, 저 걸신들린 인간들."

눈살을 찌푸리며 세라티가 고개를 돌릴 때였다.

"라피셀, 너는 저렇게 되지 말……."

순간 그녀의 말문이 막혔다.

잿빛 머리의 귀여운 소녀가 양 볼이 미어터져라 음식을 욱여넣고 마구 씹어 삼키고 있었다.

우걱! 우걱! 음냠냠!

"맛있어요, 카르나크 님!"

"라피셀, 너도니?"

그럴 수 있다며 카르나크와 바로스가 전언을 나눴다.

[생각해 보니 라피셀도 우리 계열이겠네.]

[재도 언데드 된 지 70년쯤 지났었죠?]

[제대로 된 음식을 먹어 본 지도 70년쯤 지났단 소리지.]

집에 있을 땐 사람들의 눈치를 보느라 비교적 얌전하게 먹었는데, 슬슬 낯가림도 사라졌겠다 본격적으로 본능에 몸을 맡기는 듯했다.

[에휴, 불쌍한 라피셀…….]

새삼 잘 대해 줘야겠다고 다짐하는 세라티였다.

그렇게 다들 배불리 저녁을 먹고, 푹신한 침대에서 잠도 푹 잤다.

그리고 다음 날.

어째 아침부터 동네가 시끌시끌했다.

평범한 소란이 아닌, 뭔가 경악과 공포가 맴도는 소란이었다.

궁금해진 바로스가 지나가던 이를 붙잡고 물었다.

"대체 이게 무슨 난리입니까?"

"아직 소식을 못 들었단 말이오?"

행인이 두려움에 덜덜 떨며 대꾸했다.

"마녀사냥에 나섰던 파사의 여단이 실종되었다오!"

소식을 들었을 때 카르나크가 처음 가진 의문은 '어떻게 적색급 오러 유저 둘에 6서클의 상급 마법사와 1급 심문관까지 있는 파사의 여단이 패할 수 있는가?' 혹은 '대체 알리우스에게 무슨 일이 닥친 것인가?' 등이 아니었다.

"걔들 어제 오후에 출발하지 않았냐, 바로스?"

"그렇죠."

"하룻밤밖에 안 지났는데 파사의 여단이 실종된 줄은 어떻게 알았대?"

마녀의 숲 자체야 스윈들러 성채에서 한나절도 안 걸리는 거리지만, 마녀 수색에 얼마나 시간이 걸릴지는 알 수 없다.

이삼일 정도 연락이 되지 않는 건 자연스럽단 이야기다.

"고작 하루 만에 실종되었다고 확신하는 이유가 뭐야?"

알고 보니 이유가 있었다.

"이번엔 간신히 도망친 생존자가 둘 있다더라고요."

다만 생존자들이 반쯤 미쳐 버려서 상황 파악이 힘들다는 모양이었다.

아무리 물어봐도 답변이 이런 식이라는 것이다.

—마, 마녀다! 으아아아!

—모두 당했소! 모두 쓰러졌단 말이오!

—모조리 마녀에게 끌려가 버렸어!

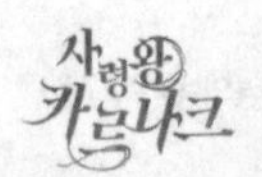

정황상 마녀에게 당했다는 것까진 알겠는데, 그 이상의 자세한 사항은 전혀 알 수 없었다.

다만 시체가 전혀 남지 않았고, 생존자도 끌려갔다는 표현을 반복하는 걸로 보아 일단 사망이 아닌 실종 상태라 짐작할 뿐이다.

"으음……."

잠시 고민한 카르나크가 다시 물었다.

"생존자가 알리우스는 아니지?"

"네."

다른 사람들이야 죽건 말건 알 바 아니지만 알리우스는 다르다.

"일단 이 동네 수장을 만나 봐야겠군."

뜨내기, 심지어 제국민도 아닌 유스틸 왕국인이 한 성채의 수장을 만나는 건 그리 쉬운 일이 아니다. 특히나 지금같이 혼란한 상황엔 더욱 그렇다.

하지만 드메타스 준남작은 흔쾌히 카르나크 일행을 맞이했다.

"알리우스 신관의 동료들이라고?"

일행의 신분이 확실해서였다.

바로스와 세라티의 검에서 빛나는 찬란한 붉은 오러는 그 어떤 신분증명서보다 효력이 좋았다.

"알리우스 신관을 찾을 생각이겠지? 우리도 최대한 돕겠네!"

무려 오러 유저이자 경험 많은 어둠사냥꾼이기도 하다. 파사의 여단마저 잃은 국경 수비대엔 이들이 유일한 구원의 동아줄인 것이다.

저들이 동료를 찾아야 실종된 국경 수비대를 찾을 확률도 올라간다.

물론 어디까지나 그들이 살아 있다는 가정하의 이야기지만.

덕분에 이야기는 술술 풀렸다.

"그럼, 생존자들을 좀 만날 수 있겠습니까?"

"물론일세. 바로 준비하지."

제국 귀족다운 오만함을 내비치지도 못할 정도로 드메타스 준남작은 다급한 처지였다. 바로 시종을 불러 명을 내렸다.

"이분들을 안내해 드리게!"

생존자들은 성채 외곽의 작은 탑에 격리되어 있었다.

중상을 입은 사내 2명이 허름한 침상에 누워 멍한 표정을 짓고 있고 의무병 하나가 그들을 돌보는 중이었다.

"이들입니다. 둘 다 제정신이 아닌지라 증언을 기대하긴 힘들 겁니다만……."

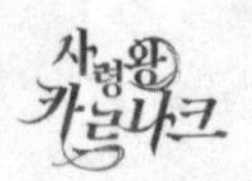

"일단 시도는 해 봐야지."

카르나크가 조심스레 말을 걸었다.

"이보시오, 내 말이 들리오?"

몇 번이나 말을 걸어 봤지만 생존자들은 아무 반응도 하지 않았다. 이쪽이 뭐라 하건 헛소리만 늘어놓는다.

"괴물, 괴물이다!"

"아아, 여신이시여, 저를 보우하소서……."

세라티가 혀를 찼다.

"전혀 대화가 안 되네요. 어떤 사악한 술법이기에……."

갑자기 생존자들이 그녀의 말에 반응했다.

"술법?"

"저주 같은 하찮은 게 아니었어!"

"마녀는 사람을 찢어!"

"무쇠 팔, 무쇠 다리, 무쇠 솥뚜껑……."

바로스가 눈을 깜빡였다.

미친 사람 많이 봐 온 그조차도 이들의 말은 전혀 이해가 가지 않았다.

"뭐라는 걸까요, 이거?"

잠시 고민하던 카르나크가 검지를 슬쩍 들었다.

"에라, 그냥 편하게 가자."

그리고 의무병을 슥 가리킨다.

"드르렁!"

병사의 다리가 슥 풀리며 제자리에 주저앉더니 그대로 코를 골기 시작했다. 수면 마법으로 재운 것이다.

검지의 방향이 생존자들에게로 옮겨졌다.

두 사내의 눈동자가 까뒤집어지며 흰자위를 드러냈다.

"꾸룩!"

"끄어어……."

그러더니 게거품을 물며 침대에 풀썩 엎어져 버린다.

카르나크가 피식 웃었다.

"그냥 기억을 직접 들여다보는 게 속 편하지."

쓰러진 의무병과 생존자들을 번갈아 보며 세라티가 눈살을 찌푸렸다.

"이래도 돼요?"

"뭐, 크게 탈나진 않을 거야."

"작게는 탈이 난단 소리잖아요, 그거……."

안개가 자욱하게 낀 깊은 숲속.

스윈들러 국경 수비대원 챈들러는 잔뜩 긴장한 표정으로 눈앞의 노파를 바라보고 있었다.

"진짜 마귀할멈이네……."

그야말로 동화에서 막 튀어나온 듯한 마녀다. 보고 있는

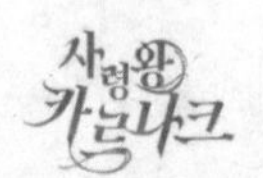

것만으로도 등골이 오싹한 기분이다.

레오콜트가 손짓을 했다.

"포위망을 펼쳐라."

병사들이 원을 그리며 상대를 둘러싸고 전투태세를 갖췄다.

그러는 동안에도 여전히 노파는 움직이지 않았다. 양팔을 늘어뜨린 채 허수아비처럼 제자리에 서 있을 뿐이었다.

'왜 반응이 없지?'

의아해하면서도 레오콜트 일행은 계획대로 움직였다.

포위망 구축이 끝남과 동시에 마법사인 스트로노프와 신관인 알리우스가 전후에 위치해 마녀의 퇴로를 차단한다. 이후 오러 유저인 두 사람이 앞장선다.

검을 뽑아 들며 레오콜트가 뇌까렸다.

"무슨 사악한 술법을 펼칠지 모르니 조심하게."

아무래도 마녀라면 보이지 않는 저주를 걸 가능성이 높다. 대놓고 날아드는 칼날보다 훨씬 두려운 공격이다.

"알고 있습니다."

안 그래도 오러 실드에 한결 신경을 쓰고 있었다. 고개를 끄덕이며 레스테인도 오러를 끌어냈다.

우우웅!

공기가 떨리며 두 줄기 붉은 섬광이 밤의 어둠을 밝혔다.

그때였다.

"케헬헬헬……."

엷은 웃음소리와 함께 마녀가 고개를 든다.

피가 엉겨 붙은 잿빛 머리칼 사이로 시뻘건 안광이 번득인다.

"정말 예쁘게 생긴 아이들이로구나!"

동시에 메뚜기처럼 공중으로 튀어 오른다.

당황한 두 사람의 눈동자가 일순 커졌다.

'헉!'

'빠르다!'

순식간에 둘의 코앞까지 쇄도하며 마녀가 공세를 펼쳤다.

굽은 등허리가 주욱 펴지며 양팔로 연타를 날린다. 깡마른 팔뚝에서 연달아 정권이 뻗어 나와 유성처럼 날아든다.

지켜보던 다른 병사들이 멍한 표정을 지었다.

뭐랄까, 상상했던 것과는 좀 많이 다르다?

"엥?"

"마녀가, 주먹질?"

허겁지겁 투기검을 휘두르며 레오콜트가 방어에 나섰다.

"큭! 이 미친 마녀가!"

깡마른 주먹이 오러의 칼날을 연거푸 두들겼다. 레오콜트의 안색이 창백해졌다.

저쪽은 맨주먹이고 이쪽은 바위도 자른다는 투기검인데, 오히려 투기검이 흔들리며 금이 가기 시작한다!

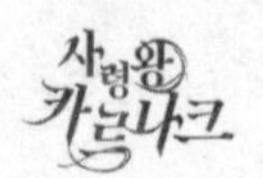

쾅! 콰광! 콰콰쾅!

요란한 폭음이 숲을 뒤흔들었다.

황급히 레스테인도 원호에 나섰다.

"레오콜트 경!"

두 오러 유저와 늙은 마녀가 어지럽게 얽히며 공방을 주고받기 시작했다.

연신 충격파가 사방으로 터져 나가며 대지가 뒤흔들렸다.

"윽!"

"크, 크윽!"

2 대 1임에도 불구하고 밀리는 쪽은 오히려 오러 유저들이었다.

끼어들 틈을 노리던 수비대원들이 경악해 중얼거렸다.

"……너무 강한데?"

강한 것도 강한 것이지만, 그보단 강함의 종류가 너무 예상 밖이다.

"왜 마녀가 육탄전을 벌여?"

"그것도 저렇게 무식하게?"

이들이 아는 마녀는 몰래 독을 먹이거나 뼈다귀를 던져 저주를 걸거나 하는 존재였다.

절대 저렇게 허공에서 공중제비를 넘으며 560도 턴킥을 차는 괴수가 아니다!

뭐, 저 마녀도 뼈다귀를 던지긴 던졌다.

"이 할미는 포동포동 살찐 아이를 잡아먹는 걸 좋아한단다!"

기괴한 음성을 흘리며 노파가 품에서 뼈다귀 몇 개를 꺼냈다. 그러곤 그걸 손가락 사이에 끼우더니 그대로 튕겨 냈다.

어이없게도, 손가락으로 뼈다귀를 튕겼는데 폭발음이 울렸다.

퍼엉!

동시에 뼈다귀가 화살보다 빠르게 레오콜트에게 날아든다!

"윽!"

간신히 레오콜트는 고개를 돌려 피했다.

빗나간 뼈다귀가 숲 저편에 처박혔다.

콰콰콰광!

뼛조각이 아름드리 거목을 뚫고 바위를 부수고 대지를 파헤쳐 흙먼지를 피워 올렸다.

알리우스가 멍한 음성을 흘렸다.

"……저것도 저주로 봐야 하나?"

저주인지 뭔지는 모르겠지만 일단 맞으면 즉사는 할 것 같았다.

"내가 틈을 만들겠다!"

마법사 스트로노프가 지팡이를 들었다.

그의 전신을 통해 방대한 전격의 망이 펼쳐졌다.

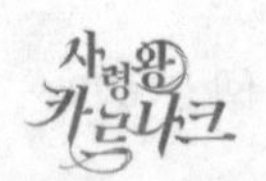

우르릉!

천둥이 울리며 벼락이 뱀처럼 땅을 타고 기어가 마녀의 사방을 덮쳤다.

노파의 움직임이 일순 멎었다.

물론 아주 잠시일 뿐이고 바로 전격에서 해방되었지만, 그 정도면 충분하다.

기회를 얻은 알리우스가 목청을 높였다.

"하토바의 빛이여! 내 지팡이에 머무소서!"

마녀의 머리 위로 성광이 드리워진다.

신성한 힘이 마녀를 짓누른다. 노파의 움직임이 더욱 둔화되어 간다.

그 틈을 타 레오콜트가 투기검으로 마녀를 찍어 눌렀다. 마녀도 두 팔을 들어 투기검을 가로막았다.

그렇게 잠시 대치 상태가 되었을 때였다.

"이틈에 목을!"

레스테인이 움직였다.

섬세한 몸놀림으로 마녀에게 파고들어, 정교한 참격을 가한다!

타앙!

쇳소리가 울렸다. 동시에 레스테인의 안색이 딱딱하게 굳었다.

방금 그는 마녀의 목을 정확히 가격했다. 사람의 피육을 베었단 소리다.

'그런데 이 느낌은 대체?'

투기검은 그녀의 목을 가르지 못했다. 그저 피부에 맞닿아 있었을 뿐.

"케헬헬헬!"

흉측하게 웃으며 마녀가 두 눈을 치켜떴다. 시뻘건 안광이 폭발하듯 터져 나왔다.

"손을 내밀어 보렴! 살이 얼마나 쪘는지 보게!"

순식간에 레스테인의 코앞까지 쇄도해 오른팔을 덥석 붙잡는다. 그리고 그대로 크게 휘둘러 패대기!

"커어억!"

단 한 방에 레스테인의 의식이 날아가 버렸다.

포위 중이던 수비대원들이 놀라 입을 벌렸다.

"레스테인 경!"

그걸로 끝이 아니었다.

이번엔 마녀가 레오콜트에게로 향했다. 그리고 대놓고 미들킥을 날렸다.

"오홍홍홍!"

레오콜트가 허겁지겁 투기검을 들어 막았지만 소용없었다.

예리하게 벼리어진 오러의 칼날을, 노파의 앙상한 오른 다리가 박살 내며 옆구리를 깊숙이 강타했다.

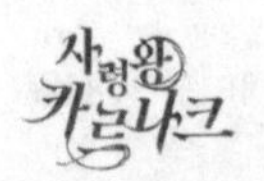

콰아앙!

보이지 않는 저주가 대놓고 날아드는 공격보다 훨씬 두렵다고?

그건 그냥, 대놓고 날아드는 공격의 위력이 부족했을 뿐이다.

레오콜트 역시 한 방에 기절해 버렸다.

"끄으으……."

다들 경악해 입을 다물지 못했다.

경지에 오른 오러 유저 2명을 저렇게 쉽게 쓰러뜨리다니?

"아이고, 둘 다 말라깽이로구나!"

마녀의 시선이 알리우스와 스트로노프에게로 향했다.

늙고 병든 노파의 육체가 섬전으로 변해 두 사람에게 날아들었다.

"케헬헬헬!"

반격하려 했지만 소용없었다.

뭘 해 보기도 전에 마법이 박살 나고 신성 주문이 깨져 나갔다.

그리고 날렵한 수도가 두 사람의 목을 강타!

"컥!"

"으윽!"

흐릿해지는 의식 속에서 알리우스는 이를 갈았다.

'뭐 저런 괴물이…….'

전멸만은 막아야 한다.

그가 애써 최후의 외침을 터트렸다.

"저, 전원 후퇴하시오!"

소용없었다.

수비대원들이 도망치기도 전에 마녀가 먼저 몸을 날렸다.

무자비한 펀치와 킥의 폭격이 대원들에게 쏟아졌다.

"컥!"

"크아아악!"

"아아악!"

동료들이 모조리 쓰러지는 데는 채 몇 분 걸리지도 않았다.

마녀가 품에서 시꺼먼 밧줄을 꺼냈다.

그걸 올올이 풀어 헤치더니 쓰러진 병사들을 하나하나 엮기 시작한다.

오러 유저도 묶고, 마법사도 묶고, 신관도 묶고, 10명이 넘는 병사들도 알뜰하게 묶는다.

"너무들 야위었어, 그치?"

그리고 이제 챈들러에게도 다가온다.

절망 속에서 챈들러가 기도를 올릴 때였다.

'아아, 여신이시여.'

그를 본 마녀가 고개를 갸웃거렸다.

"에그, 이놈은 간이 썩었구먼. 술을 얼마나 마신 게야?"

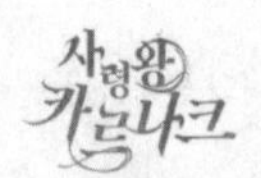

어, 일단 챈들러가 워낙 술을 많이 마시는 건 사실이었다.

"이놈도 똑같고."

밀러드. 챈들러와 가장 친한 술친구이자 주량 라이벌이다.

"에잉, 이 두 놈은 너무 상해서 못 먹겠구나."

공포에 질린 와중에도 다른 의미로 겁이 덜컥 났다.

대체 자신들의 간이 얼마나 망가졌기에 저런 마녀마저 쓸모없다고 무시한단 말인가?

두 사람을 뺀 나머지를 겨울 청어처럼 잘 엮은 뒤, 노파는 인간 꾸러미를 숲속으로 끌고 가기 시작했다.

묶인 채 기절한 사내들이 바닥에 질질 끌렸다.

기분 나쁜 광소가 나뭇가지 사이로 가득 울렸다.

"케헬헬헬! 이 녀석들도 이 몸이 챙겨 가 든든하게 몸보신을 해야 쓰겄다!"

기억 투영이 끝났다. 카르나크는 멍한 얼굴로 눈을 껌뻑였다.

"……내가 지금 뭘 본 거야?"

바로스와 세라티가 묻는다.

"기억은 다 들여다보셨습니까, 도련님?"

"어떻게 된 건가요?"

카르나크는 고민했다.

이걸 어떻게 설명해야 하나?

웬 미친 할매가 멀쩡한 인간 수십 명을 생선 꾸러미처럼 두루두루 엮어서 보쌈해 가더라고?

"어, 그게, 음……."

카르나크가 머뭇거리자 두 사람이 타박을 던졌다.

"무슨 수법을 주로 씁니까? 흑마술? 아니면 강령술이나 초혼술? 어느 쪽 계열이에요?"

"설명을 해 주셔야 알 것 아니에요?"

애매한 어조로 카르나크가 대꾸했다.

"……그냥 두들겨 패던데."

"네?"

"그냥 손발로 두들겨 팼어."

바로스와 세라티의 표정이 진지해진다.

"오러 유저에, 상급 마법사에, 1급 심문관까지 있는데 전부 맨손으로?"

"강력한 무투가인가요?"

"무투가라고 하기에도 좀……."

카르나크는 설명을 포기했다.

이대로는 도저히 오해 없이 전달할 자신이 없었다.

"에이, 둘 다 그냥 자기 눈으로 봐."

혼돈마법으로 기억 투영 영상을 띄워 주었다.

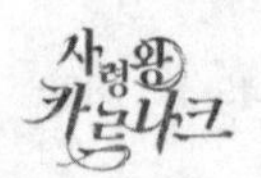

잠시 후 두 사람도 카르나크와 비슷한 표정이 되었다.

"우리가 지금 뭘 본 겁니까?"

속 시원하다는 얼굴로 카르나크가 웃었다.

"역시 백 번 떠드는 것보다 한 번 보여 주는 게 낫다니까."

마녀는 결코 고수나 달인이 아니었다.

그 어떤 무술적인 동작도 보여 주지 못했고, 손발의 움직임은 극히 조잡했으며 전신은 허점투성이였다.

아무것도 익히지 않은 무지렁이가 막무가내로 발버둥을 칠 때, 딱 그런 모습이었다.

그럼에도 무식하게 강했다.

상대가 공격을 하건 말건 죄다 몸으로 때우고, 상대가 피하건 말건 죽자고 쫓아가 멱살을 붙잡고, 상대가 반격을 하건 말건 두들겨 팬다.

바로스가 어이없어하며 뇌까렸다.

"순전히 육체 능력이 전부네요, 이거."

단지 그것 하나가 너무 절대적이라 오러나 마법으로도 파고들지 못한다.

오죽하면 성직자의 신성 주문마저도 그냥 몸으로 때울 정도다.

세라티가 물었다.

"저런 식으로 신체 능력을 증폭시켜 주는 사령술이 있나요, 카르나크 님?"

"있기는 있지."

당장 마검 마레다에 걸려 있던 술법이 저런 식이다.

숙주의 몸에 인간의 정혈을 주입해 숙주를 강화한 뒤 미친 듯이 날뛰게 만들어 더 많은 정혈을 흡수하는 방식이니까.

"저렇게까지 강하게 만들 순 없지만."

저 마녀 역시 같은 이유로 이해가 가지 않았다.

"너무 세. 사령술만으로는 저렇게까진 못 한다."

카르나크의 답변에 세라티는 잠시 생각에 잠겼다.

마검 마레다의 경우는 숙주였던 라피셀이 워낙 괴물이라 그런 엄청난 위력을 보일 수 있었다. 그렇다면?

"저 할머니도 실은 무왕이실지도?"

눈을 빛내며 그녀가 의견을 냈다.

"라피셀의 스승님도 시공 회귀하신 게 아닐까요?"

바로스가 고개를 저었다.

"일단 벨티아가 아닌 건 확실합니다."

현재의 벨티아는 끽해야 40살이다.

미래의 영혼이 현재의 육체를 차지해서 미쳐 버렸다 해도 일단 외모는 40대여야 했다.

"다른 사람들 중에서도 딱히 짐작이 가는 이가 없고요."

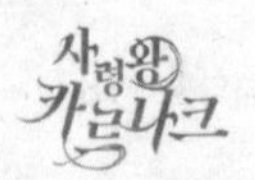

어지간한 미래의 강자들은 전부 파악하고 있다. 죄다 잡아 죽이거나 언데드로 만들었으니까.

그래서 단언할 수 있었다.

"저 노파처럼 독보적으로 개성 있게 생긴 이는 단 1명도 없었어요."

하긴, 저렇게 생겨서 세상을 활보했다면 유명해지지 않기가 더 힘들 것이다.

세라티가 다른 의견을 냈다.

"그럼 본인이 아니라 다른 육체로 돌아오는 건요? 그럴 가능성도 있어요?"

카르나크가 뺨을 긁었다.

"실은 나도 그쪽을 의심하고 있긴 한데……."

일단 미래의 영혼은 기본적으로 과거 본인의 육체로 돌아가는 것이 당연하다.

애초에 본인의 육체라는 시공의 닻이 있어야 좌표를 지정할 수 있으니까.

"하지만 예외적인 상황이 절대 생기지 않는다고 단언할 수도 없거든."

시공 회귀술은 카르나크 역시 많은 부분을 이해하지 못한 채 저질러 버린 수법이다. 그리고 사령술에는 서로의 영혼을 바꾼다거나 타인의 육체에 빙의하는 술법이 흔하다.

세라티의 의견도 아주 가능성이 없지만은 않다.

"그래도 이번엔 그런 경우는 아닌 것 같지만……."
"왜요?"
"음, 그게……."
애매한 얼굴로 카르나크가 대꾸했다.
"감이야."
"그게 전부예요?"
"응."
바로스가 옆에서 빙그레 웃었다.
"오, 그럼 이번엔 맞겠네요."
"네?"
"도련님이 감만으로 때려 맞힐 땐 적중률이 꽤 높거든요. 괜히 아는 척하면서 머리 굴릴 땐 은근히 자주 틀리시고."
"……."
세라티는 고민했다. 저게 지금 칭찬인가, 욕인가?
하여튼 카르나크는 진지하게 머리를 굴리고 있었다.
"여러모로 괴상한 상황이긴 하네."
강한 건 확실한데, 왜 강한지를 모르겠다.
남긴 사기나 탁기는 너무 옅고, 실제로 싸우는 걸 보면 딱히 어둠의 권능을 휘두르는 것 같지도 않고, 그렇다고 노파 본인의 능력이라기엔 말도 안 되는 수준이고.
"직접 봐야 알겠군."
어차피 알리우스 때문에라도 마녀를 찾긴 찾아야 한다.

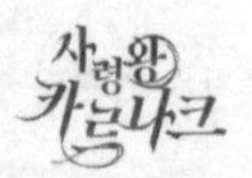

"알리우스 씨는 괜찮으실까요? 죽었으면 어쩌죠?"

걱정스러운 세라티의 말에 바로스가 태연하게 대꾸했다.

"그래도 일단 구하긴 해야죠. 그래야 살았나 죽었나 확인이라도 하지."

자리에서 일어나며 투덜거리는 카르나크였다.

"자기가 무슨 탑 속의 공주냐? 왜 자꾸 구하러 가게 만들어?"

볼일을 마친 카르나크는 잠든 의무병과 생존자들을 도로 깨웠다.

워낙 깔끔하게 재우고 깨웠는지라 다들 자신이 무슨 일을 당했는지도 몰랐다.

"이들입니다. 둘 다 제정신이 아닌지라 증언을 기대하긴 힘들 겁니다만……."

"그런 것 같군요."

자연스럽게 기억을 이어 놓았기에 의무병은 자신이 내내 깨어 있었다고 여기고 있었다.

기억이 10여 분 정도 사라지긴 했지만, 방에 따로 시계가 있는 것도 아니니 앞으로도 알아차릴 일은 없으리라.

"그럼 저흰 이만 가 보겠습니다."

방을 나온 카르나크 일행을 드메타스 준남작이 다시 찾았다.

"동료를 찾을 생각이겠지?"

"그래야지요."

"대신전에서 최대한 빨리 심문관을 파견해 준다 하였네. 또한 파사의 여단에서도 인원을 보내 준다고 했지."

카르나크 일행과 달리 드메타스 준남작은 생존자로부터 아무 정보도 얻지 못했다. 당연히 마녀의 능력이 어느 정도인지도 몰랐다.

하지만 사태가 심각하다는 것만은 확실히 알고 있었다.

일반 병사로 이루어진 국경 수비대가 실종되었을 때와는 상황이 전혀 다르다.

오러 유저 2명에 상급 마법사까지 당해 버렸으니, 이건 이제 특급 어둠 관련 재해가 되어 버렸다.

"병력은 곧 모일 걸세, 나흘만 기다려 주게."

어차피 성직자, 그것도 훈련을 받은 심문관의 도움이 없으면 마녀의 흔적을 뒤쫓을 수 없다.

당연히 준남작은 카르나크 일행도 그때까지 성채에서 기다릴 거라 여기고 있었다.

"심문관이 도착하면 바로 수색대를 꾸릴 생각이네. 그대들도 도와주지 않겠나?"

"물론입니다, 남 일이 아닌데요."

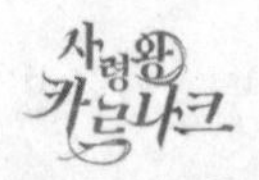

대화를 마친 뒤 일행은 본성 밖으로 나왔다.

주위에 듣는 사람이 없어지자 세라티가 대뜸 물었다.

"정말로 기다릴 건 아니죠?"

"당연하지."

카르나크는 사령술의 흔적을 성직자보다도 월등히 쉽게 찾을 수 있다. 굳이 심문관의 도움을 받지 않아도 마녀를 찾을 수 있는 것이다.

"게다가 보는 눈이 없는 쪽이 훨씬 움직이기 편하시겠죠."

"뭐, 슬슬 보는 눈이 있어도 별 상관 없어지긴 했다만……."

로이드 왕자 사건 이후, 카르나크는 시간만 나면 마법과 사령술의 혼용법을 꾸준히 연구하고 있었다.

"어차피 나흘씩이나 기다릴 순 없어. 알리우스에게 무슨 일이 생길지도 모르고."

일행은 걸음을 바삐 놀렸다. 어서 여관으로 돌아가 짐을 챙겨 수색할 준비를 갖춰야 했다.

바로스가 문득 중얼거렸다.

"그런데 라피셀은 어쩌죠?"

평범한 상황이면 그냥 데리고 갔겠는데, 상황이 꽤 위험해 보였다.

비전투원을 보호하면서 싸울 정도로 만만한 상대는 아니다. 그리고 기억 봉인 상태인 라피셀은 아직 제대로 된 전투력을 발휘할 수 없다.

물론 기억 봉인이 풀리면 매우 큰 힘이 되겠지만, 그 힘으로 카르나크 일행을 공격할 테니 마찬가지로 곤란하고.

"여관에 혼자 놔둬도 되려나?"

세라티가 어깨를 으쓱였다.

"별일 없을 것 같은데요."

아무리 라피셀이 제대로 된 전투력을 발휘하지 못해도 일반인에게 당할 정도는 아니다.

여관에 도착한 뒤 그녀를 앉혀 놓고 단단히 일러두었다.

"착하게 기다리고 있어."

"네, 언니!"

"모르는 사람이 나쁜 짓 하면 어떻게 하라고?"

"나뭇잎처럼 만들어 주면 돼요!"

바로스와 카르나크가 고개를 갸웃거렸다.

"나뭇잎? 무슨 소리래요?"

"나도 모르겠는데."

그렇게 수색 준비를 마친 뒤 다시 여관을 나섰다.

주위를 둘러보며 카르나크가 물었다.

"그래, 마녀의 숲이 어디랬지?"

마녀의 숲 자체는 쉽게 찾을 수 있었다.

원래는 스윈들러 성채 인근의 평범한 숲일 뿐이었다.

마녀가 나타난 다음에나 마녀의 숲이라 불리게 된 것이니, 찾고 자시고 할 것도 없지.

문제는 이 드넓은 숲의 어디에 마녀가 있냐는 것이다.

"이거, 흔적이 너무 옅은데?"

울창한 침엽수림 속에 서서 카르나크는 인상을 썼다.

"흔적만 보면 어둠의 군주 절반 수준이니, 원."

이젠 세라티도 저 괴상한 표현을 어느 정도 이해하게 되었다.

"사령술 기초도 제대로 익히지 못한 반푼이란 소리죠?"

"어디까지나 흔적만 보면."

애초에 국경 수비대나 여단 소속의 레오콜트가 자신만만하게 마녀를 잡으러 간 이유가 이것이었다.

남긴 흔적만 보면 정말 하찮은 수준이다. 무식한 건달 놈이 우연히 종말의 어둠 조금 먹고 난리친 것에 불과할 정도로.

"그런데 실제로는 엄청 강하잖아요?"

"그러니까 이상하지."

그나마 카르나크쯤 되니까 추적이라도 하지, 어지간한 심문관이라도 흔적을 못 찾을 것 같았다.

바로스가 혀를 내둘렀다.

"이런데도 알리우스 씨는 용케 마녀를 추적했구만요?"

"정황을 보면 대충 짐작은 가."

알리우스는 그렇다 치고, 국경 수비대와 움직인 펠릭스 신관은 고작해야 2급 심문관이었다.

카르나크도 어려워하는 어둠의 흔적을 2급 심문관 수준으로 찾을 수 있을 리가 없었다.

"아마도 마녀가 그들을 찾았겠지, 그들이 마녀를 찾은 게 아니라."

하여튼 흔적이 너무 옅고 흐리다. 이대로라면 며칠이 걸려도 마녀를 뒤쫓을 수 있을 것 같지가 않다.

카르나크가 다른 방법을 찾아야 하나 고민할 때였다.

"음?"

뭔가가 그의 눈에 들어왔다.

풀숲 사이, 덤불 위로 희미한 기운이 점점이 느껴지는 것이다.

어둠의 기운은 아니었다. 하지만 그 못지않게 사령술사들이라면 민감하게 느낄 수밖에 없는 기운이기도 했다.

"……신성력이잖아?"

뭔가 싶어 자세히 살펴보니 손톱만큼 쪼개진 신성은의 파편이었다.

바로스가 고개를 끄덕였다.

"알리우스 씨로군요."

알리우스는 순순히 끌려가지 않았다.

잡혀가는 와중에도 하토바의 성물인 심문관의 증표를 조

금씩 갉아 내 성력을 부여한 다음 바닥에 뿌린 것이다. 누군가 이 흔적을 보고 자신들을 찾을 수 있기를 바라면서.

워낙 희미한 기운이라 마녀도 미처 눈치채지 못한 듯했다.

안도하며 세라티가 미소를 지었다.

"이 시점까진 알리우스 씨가 살아 있었다는 소리군요."

카르나크가 걸음을 옮겼다.

"일단 따라가 보자."

고기의 집

새하얀 설탕이 뿌려진 케이크 대들보와 줄지어 세워진 거대한 초콜릿 기둥.

문은 잘 구운 쿠키로 만들어져 있고 천장에 매달린 샹들리에는 반짝이는 얼음사탕이다.

맛있어 보이는 빵과 과자가 벽돌처럼 쌓여 10미터가 넘는 거대한 벽을 이룬다.

그것은 실로 거대한 과자의 집이었다.

아니, 이쯤 되면 과자의 성이나 저택이라고 해야 옳을 것이다.

알록달록한 사탕과 과자로 이루어진 그 거대한 홀의 허공에, 수십 명의 사람들을 가두어 놓은 수십 개의 새장들이 주렁주렁 매달려 있었다.

'정말 기괴한 광경이군.'

새장 중 하나에 갇힌 채 알리우스는 한숨을 내쉬었다.

'이게 대체 무슨 의미가 있는 거지?'

사령술사들이 온갖 기이한 짓을 저지른다는 사실은 알리우스도 잘 알고 있었다.

하지만 그래도 그렇지, 굳이 애들 동화 같은 괴상한 장소를 만들 필요가 뭐가 있단 말인가?

'그나마 실종된 사람들이 무사한 것은 다행인가…….'

알리우스는 다른 새장 쪽을 바라보았다.

수십 개의 새장마다 사람들이 1명씩 갇혀 있었다.

대부분 실종되었던 스윈들러 국경 수비대원들이었다.

조금 떨어진 새장엔 파사의 여단 소속인 레오콜트와 레스테인, 스트로노프도 갇혀 있었다. 먼저 실종되었다는 사이샤의 심문관, 펠릭스 역시 무사했다.

신기할 정도로 단 1명도 죽지 않은 것이다.

어찌 보면 천운이라 하겠지만 그렇다고 좋아할 일도 아니었다.

마녀가 왜 자신들을 살려 두었는지 알고 있었으니까.

붙잡아 온 사람들을 일일이 새장에 가둔 뒤 마녀는 온갖 먹거리들을 잔뜩 넣어 주었다. 사탕과 쿠키, 비스킷, 달콤한 크림과 설탕으로 만든 다양한 과자들이었다.

그리고 웃으며 외친 것이다.

"케헬헬헬, 포동포동 살찌워 잡아먹어 주마!"

당연히 알리우스는 먹지 않았다. 저런 소릴 듣고 누가 먹겠나?

사실 저런 소릴 안 했어도 감히 음식을 건드릴 엄두는 나지 않았겠지만.

과자의 집이란 게 아이들의 동화에서 나올 땐 어째 맛있어 보이는 느낌이지만, 실제로 눈앞에 닥치면 공포밖에 느껴지지 않는 법이다.

다만 이는 잡힌 지 하루밖에 안 지난 2차 수색대의 경우였다.

이미 1주일 가까이 붙잡혀 있던 이들에겐 선택지가 없었다.

또다시 식사 시간이 다가온다.

초콜릿 문이 열리고, 두 발로 걷는 장화 신은 고양이들이 쟁반 가득 과자와 과일 주스 등을 담아 온다.

"냐옹!"

"냐옹냐옹!"

장화를 신은 뒷발로 허공의 새장을 잘도 폴짝 뛰어오른다. 그리고 용케 앞발로 과자를 새장 안에 밀어 넣는다.

일견 귀여운 모습이지만 감히 웃을 수 없었다.

귀여워선 안 될 것이 귀여우면, 그건 오히려 더한 두려움

일 뿐이었다.

"우우……."

"으어어……."

먼저 붙잡힌 수비대장과 펠릭스 신관, 국경 수비대원들이 몽롱한 표정으로 정신없이 과자를 입에 처넣기 시작했다.

우걱! 우걱우걱우걱!

옆에서 먹지 말라고 악을 써도 소용없었다.

새장 속에서 아무리 외쳐 봐야 전해지지 않았다. 그 누구의 목소리도 새장 밖으로 나가지 못했다.

소리 없는 아우성 속에서 그저 먹고 마신다.

이미 며칠째 저러고 살았는지 다들 살이 오동통 올라 있다.

공포스러운 광경이었다.

대체 저 과자의 정체가 무엇이기에 1주일도 안 되어 저렇게 살이 찐단 말인가?

'절대 먹어선 안 돼.'

하지만 과연 앞으로도 그럴 수 있을까?

지금이야 허기도 갈증도 그리 심하지 않다. 잡힌 지 하루밖에 지나지 않았으니까.

그러나 시간이 흐른 뒤에도 과연 저들과 다르게 행동할 수 있을까?

저만치 떨어진, 다른 새장에 갇힌 레오콜트가 뭔가 악을

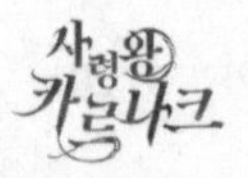

쓰기 시작했다.

"……!"

소리가 전해지지 않아 뭐라 하는지는 모르겠지만, 양손에 붉은 오러를 둘러 새장을 후려갈기는 건 똑똑히 보인다.

알리우스는 혀를 찼다.

'쓸데없는 체력 소모는 피하는 쪽이 좋을 텐데…….'

과연 레오콜트의 투기는 새장에 어떤 흠집도 내지 못했다.

이미 몇 번이나 확인한 사실이었다.

투기뿐만 아니라 스트로노프의 마법도, 알리우스의 신성 주문도 효과가 없긴 마찬가지였다.

'외부에서만 파괴할 수 있는 식이겠지, 역시?'

그렇다면 유일한 희망은 누군가가 자신들을 구해 주러 오는 것뿐.

다행히 최소한의 대비는 해 두었다. 성표를 조금씩 부수어 길 안내를 해 두었으니까.

'카르나크 씨라면 어떻게든 해 주겠지.'

사실 레오콜트 일행이나 카르나크 일행이나 크게 전력 차이가 나지는 않는다.

양쪽 모두 6서클의 상급 마법사에 적색급 오러 유저일 뿐이 아닌가?

그럼에도 신기하게 카르나크나 바로스는 어떻게든 이 상황을 타개해 줄 것 같은 느낌이 드는 이들이었다.

'문제는 시간.'

그가 남긴 흔적은 마법이나 오러로는 찾을 수 없다. 오직 성직자만이 가능하다.

그러니까 은밀하게 남기는 것도 가능했지만.

즉, 인근 신전에서 고위 심문관을 보내 줘야 자신들을 찾을 수 있다는 소리다.

'적어도 사나흘 안에는 무리겠지.'

그동안은 아무리 목이 마르고 배가 고파도 참아야 한다.

알리우스는 눈앞에 놓인 쟁반을 신경질적으로 걷어찼다.

"절대 안 먹어! 절대!"

과자며 주스가 홀 바닥으로 후드득 떨어졌다.

새장 밑에서 장화 신은 고양이들이 과자 부스러기를 치우며 성질을 냈다.

"냐옹!"

"냐오오옹!"

안개가 자욱하게 낀 숲속, 걸음을 옮기다 말고 세라티는 미간을 찌푸렸다.

"이 안개, 확실히 자연스러운 현상은 아니네요."

오러 유저인 그녀는 본능적으로 대략적인 동서남북을 구

별할 수 있다. 그런데 이 안개에 들어선 후론 내내 공간 감각이 뒤죽박죽이 되어 제대로 구분이 되지를 않는 것이다.

카르나크가 어깨를 으쓱였다.

"제대로 찾아가고 있다는 소리지."

그렇게 30여 분쯤 더 흔적을 쫓았다. 안개 저편에 희끄무레한 오두막의 형체가 보였다.

바로스가 반가운 듯 뇌까렸다.

"오, 찾았다."

걸음을 빨리하니 오두막이 자세한 형태를 드러내기 시작했다.

동시에 카르나크와 바로스의 표정이 기묘해졌다.

그래, 분명히 오두막은 오두막인데…….

"뭐야, 저거?"

"제가 뭘 잘못 보고 있는 겁니까? 왜 저런 게 있어요?"

그것은 아담한 과자의 집이었다.

크림을 얹은 지붕과 사탕을 키운 창문, 빵과 과자로 만든 벽과 기둥, 케이크 굴뚝까지.

예쁘고 아기자기하지만 비현실의 극치였다.

"과자의 집……."

어이없어하며 세라티가 말했다.

"진짜 동화 속 풍경 같네요."

카르나크와 바로스가 의아해하며 물었다.

"저걸 알아, 세라티?"

"저런 게 나오는 동화도 있어요?"

오히려 세라티가 더 놀랐다.

"어머, 두 분은 몰라요?"

과자의 집에 사는 마녀 이야기는 대륙 전역에 퍼진 흔하디 흔한 동화인 것이다.

"어릴 때 부모님이 들려주셨을 거 아니에요?"

두 사람은 당당하게 대답했다.

"그 정도로 부모한테 사랑받고 큰 적이 없거든."

"도련님 옆에서 같이 구박받으면서 큰 게 접니다."

"심지어 아버지는 내 손으로 죽였지?"

"저도 옆에서 거들었고요."

순간 세라티의 말문이 막혔다.

별 뜻 없이 한 소린데 저런 우울한 이야기가 돌아오다니?

"아, 저는, 그게 그런 의미는 아니고……."

카르나크와 바로스가 실실 웃으며 그녀를 지나쳤다.

"세라티도 마찬가지네? 보통 사람들은 이렇게 이야기하면 당황하더라고."

"무왕들 상대할 때 심리 흔들기에 좋았죠."

고개를 저으며 세라티가 한숨을 쉬었다.

"……거짓말이었어요?"

"구박받으면서 자란 건 사실."

"그래서 진짜로 이게 뭔지는 몰라요."

일행은 조심스럽게 과자의 집으로 다가갔다.

집은 그리 크지 않았다. 적당한 사냥꾼의 오두막 정도.

적어도 수십 명에 달하는 인원이 들어갈 수 있는 크기는 절대 아니었다.

주위를 살피며 바로스가 물었다.

"알리우스 씨나 다른 사람들은 어디 있을까요?"

"글쎄……."

한참 과자의 집을 살피던 카르나크가 갑자기 물었다.

"세라티, 그 과자 마녀 동화? 하여튼 그거 유명한 동화야?"

"에, 7왕국의 아이들이라면 대부분 알지 않을까요?"

"제국은?"

"원래는 제국에서 넘어온 동화라니까, 제국 아이들도 대부분 알겠죠?"

"대륙 전역에 보편적으로 퍼진 동화라 이거지?"

"그렇긴 한데…… 그게 왜요?"

과자의 집을 가리키며 그가 심각한 표정을 지었다.

"왜 동화 속 내용과 이미지가 비슷한 거지?"

이해가 안 간다며 세라티가 반문했다.

"원래 사령술은 이런 거 아니에요?"

그녀가 여태 봐 온 사령술은 죄다 기괴하고 이상했다. 이제 와서 과자의 집 같은 것이 나타난다고 딱히 괴상할 것도 없어 보이는 것이다.

마녀도 나오는데 과자의 집이 없을 이유는 또 뭔가?

그러나 카르나크 입장에선 또 그렇지 않은 모양이었다.

"사령술도 나름대로의 규칙이 있어. 단지 세간의 상식과 어긋날 뿐인 거지. 그 슈트라프란 놈이 불러냈던 사령결계 기억해?"

세라티가 헛웃음을 흘렸다.

"어떻게 잊을 수가 있겠어요?"

그 결계 때문에 소중한 두 팔을 잃었고, 그거 되찾겠다고 지금 이런 인간들과 함께 어울려 다니고 있는 것 아닌가?

그녀의 운명을 뒤바꾼 사건이나 다름없다.

"그 촉수 하며, 고기 벽 하며, 죄다 흉측한…… 어휴."

"그래, 흉측하지."

카르나크가 고개를 끄덕였다.

"사령술사라고 그런 징그러운 촉수나 고깃덩이가 예뻐서 소환하는 건 아니야."

자주 보면 정든다고 사령술 오래 구사하다 보면 저런 것도 예뻐 보이는 경우가 없진 않지만, 보편적으로는 그렇다.

"단지 그게 권능을 머금고 있는 지옥의 일부일 뿐인 거지."

사령술에 사악하고 기괴한 술법이 많은 이유는, 그런 술법이 펼치기 쉽고 위력도 강하기 때문이다.

사악하고 기괴하기 때문에 그 술법을 쓰는 게 아니란 소리다.

"사령술사가 소환하는 악마가 대부분 추악하게 생긴 이유도 똑같아."

그게 더 세고, 소환도 더 쉬우니까.

"미녀 악마가 강력하면서 소환까지 쉽다면 다들 그것만 부를걸."

카르나크가 팔을 펼쳐 과자의 집을 가리켰다.

"그런데 이건? 동화 속 한 장면을 재현하는 게 목적인가? 대체 이런 짓을 해야 할 이유가 뭐가 있어? 일부러 권능의 일부를 할애하면서까지?"

사령술사의 눈으로 보면 이 과자의 집은 쓸데없는 불합리 덩어리인 것이다.

"뭔가 있는 것 같긴 한데……."

그때였다. 과자의 집 문이 스르륵 열렸다.

"……!"

흠칫 놀라 세라티가 검에 손을 가져갔다.

하지만 그녀의 표정은 이내 풀렸다.

열린 문을 통해 나온 것은 두 마리의 검은 고양이였다. 세라티가 반색을 하며 웃었다.

"어머나, 귀여워라."

카르나크와 바로스가 고개를 갸우뚱거렸다.

"귀여워?"

"아닐 텐데요."

"네?"

갑자기 두 고양이의 전신이 폭발하듯 급속도로 커져 간다!

"끼야아아악!"

"크캬캬캬캬!"

귀여운 고양이들은 사라지고 순식간에 2미터에 달하는 징그러운 점액질 괴물 두 마리가 그 자리를 차지했다.

기겁하며 세라티가 도로 검을 뽑았다.

"꺅! 뭐야, 이거?"

피식거리며 바로스가 손을 뻗었다.

"뭐긴 뭐예요, 흔해 빠진 문지기 마물이지."

검을 뽑을 필요도 없었다.

그냥 양손에 붉은 오러를 두른 뒤 점액질 괴물들을 동시에 찔러 간다.

괴물의 전신이 부풀어 오르며 수십 줄기의 빛이 놈들을 뚫고 나온다.

그리고 이내 폭발!

퍼어어엉!

손을 털고 물러나며 바로스가 히죽 웃었다.

"아, 역시 오러 각성하고 나니 좋긴 좋네."

세라티는 눈을 깜빡였다. 뭐가 어떻게 된 건지 이해가 잘 가지 않았다.

"지금 무슨 짓을 하신 거예요?"

"별거 아닙니다."

바로스가 심드렁하게 말을 이었다.

"양손을 통해 오러를 찔러 넣고 복어처럼 부풀린 다음에 고슴도치처럼 바늘 모양으로 세워서 사방으로 날린 것뿐이에요. 나중에 가르쳐 줄까요?"

"……."

오러를 찰떡처럼 주무르는 시점에서 이미 그녀의 능력은 아득히 벗어나 있었다. 그런데 뭐? 바늘로 바꿔서 사방으로 날리라고?

심지어 더 대단한 건, 그 와중에도 박살 난 괴물들의 파편이 카르나크 일행에겐 전혀 튀지 않았다는 점이다.

폭발의 위력과 방향을 정확하게 조절해 안 튀는 위치로만 터트린 것이다.

'그래, 이 인간도 실은 괴물 중의 괴물이었지.'

그동안 오러 못 쓰고 내내 비실거리는 모습만 봐서 잠깐 잊었을 뿐이다.

"……전 그냥 하던 거나 열심히 연습할게요."

급격히 말투가 공손해지는 세라티였다.

박살 난 마물들의 시체를 뒤로한 채 카르나크는 과자의 집 앞에 섰다.

"일단 들어가 봐야 뭐가 되어도 되겠지?"

세라티가 반쯤 열린 문을 살피며 물었다.

"제가 먼저 들어가 볼까요?"

"아니, 거기 말고."

고개를 저으며 손가락을 튀긴다.

콰아아아앙!

어마어마한 폭발과 함께 벽 한쪽이 우르르 무너져 내렸다.

멀쩡한 문 놔두고 일부러 벽에 구멍을 낸 것이다.

뚫린 통로를 통해 집 내부를 바라보며 카르나크가 빙그레 웃었다.

"자고로 사령술을 상대할 때는, 비상식이 상식인 법이거든."

안으로 들어가니 긴 복도가 나왔다.

외부와 마찬가지로 알록달록한 과자의 복도였다. 천장에 매달린 등불 모양 사탕에서 불빛이 나와 꽤나 밝은 공간이었다.

얼핏 보기엔 그리 이상할 것 없는 풍경.

하지만 세라티는 경악할 수밖에 없었다.

"맙소사, 이게 무슨……."

그렇다.

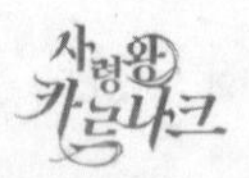

'긴' 복도였다.

기껏해야 사냥꾼 오두막만 한 작은 과자의 집이다. 그 내부에 어찌 이런 기나긴 복도가 있단 말인가?

심지어 크기도 어지간한 성의 회랑에 육박한다. 높이도 수 미터에, 좌우 폭은 과자의 집 본체보다 넓을 지경이다.

"말도 안 돼. 어떻게 그 작은 집 안쪽이 이렇게나 클 수가……."

덜덜 떠는 세라티와 달리 카르나크와 바로스는 시큰둥했다.

"뭘 놀라고 그래?"

"흔해 빠진 공간 왜곡이잖아요."

두 사람이 워낙 태연하니 세라티도 조금 진정이 되었다.

그녀가 눈을 흘겼다.

"……두 분한테는 흔할지 몰라도 저한텐 난생처음 보는 괴사거든요!"

"알고 보면 신기할 것도 없어."

복도를 따라 걸음을 옮기며 카르나크가 손가락질을 했다.

"우리가 본 과자의 집 내부에 이 복도가 존재하는 게 아니니까."

과자의 집은 어디까지나 입구일 뿐이다.

벽을 부수고 안으로 들어왔다고 생각하겠지만 실은 차원문을 통과했다는 소리다.

이 복도에 발을 디딘 순간 이미 과자의 집과는 별개의 공간에 서게 된 것이다.

"여긴 그럼 전혀 다른 차원이라는 건가요?"

"응. 그냥 평범한 지옥의 일부일 뿐이야."

"아, 예."

세라티는 잠시 생각했다.

'……지옥인 시점에서 이미 평범하진 않은 것 아닌가?'

의외로 자신이 지옥에 왔다는 사실은 크게 놀랍지 않았다.

지옥 풍경을 비추는 창문(?)도 봤고, 지옥 출신 악마도 만났고 지옥산 갑옷도 입어 봤다. 지옥 타령 정도는 충분히 적응한 느낌이랄까?

'아, 이런 건 적응하고 싶진 않았는데.'

한편 카르나크는 재미있다는 듯 연신 복도 여기저기를 살피고 있었다.

"어째 감지되는 기운이 좀 익숙한데……."

온갖 지옥들을 다양하게 들락거린 그였다. 아무리 과자로 치장되어 있다 해도 희미하게 흘러나오는 마기(魔氣)를 놓치진 않는다.

"여기가 원래는 어디일 것 같냐, 바로스?"

옆에서 함께 지옥을 들락거린 바로스가 추리를 펼쳤다.

"게헤나나 타르타로스 같은 메이저 지옥은 아닌 것 같은데요? 거긴 여기보다 마기가 좀 더 진득하죠."

"여긴 좀 더 텁텁하고 부산스러운 느낌이니까, 대충 파르파스랑 질롱가 사이? 그 근처를 누가 지배했더라?"

"악마백작 로타-부둔의 영역일걸요."

"갠 죽었잖아."

"이 시간대엔 아직 살아 있겠죠. 한창 사령왕이 된 도련님이 강제로 부려 먹던 시절에 레번 경이 죽였으니까."

"아, 그랬지, 참."

그렇게 계속 주변을 살피며 복도를 조금 더 걸었을 때였다.

복도 저편에서 희미한 날갯짓 소리가 들렸다.

수십 마리의 새들이 날아오는 듯한 소리였다.

점점 소리가 커지더니, 이윽고 꺾인 복도 너머로 한 무리의 그림자가 괴성을 지르며 나타났다.

"끼이이익!"

"이히이익!"

바로스가 눈을 깜빡였다.

"엥? 원숭이네?"

수십 마리의 날개 달린 원숭이들이 복도를 날아오고 있었다.

검을 뽑아 들며 세라티가 물었다.

"지옥에는 저런 마물도 있나요?"

역시나 전투준비를 하며 바로스가 대꾸했다.

"가고일이 좀 비슷하게 생기긴 했는데, 저런 식은 아니에요."

날개만 빼면 그냥 평범한 원숭이였다.

손에 긴 창을 들고 있고 두 눈이 시뻘겋게 물들어 포악해 보이긴 해도, 일단 생긴 건 보편적인 원숭이에서 벗어나지 않았다.

"날개 달린 원숭이라……."

놈들을 노려보며 카르나크가 물었다.

"혹시 저런 동화도 있어, 세라티?"

"아, 예, 비슷한 건 들어 봤어요."

"보편적인 이야기야?"

"보편적? 제법 흔한 동화이긴 한데요."

"……흥미롭군."

카르나크의 눈가에 옅은 웃음기가 떠올랐다.

"매우 흥미로워."

원숭이들이 빠른 속도로 거리를 좁혀 온다. 바로스도 투기검을 뽑아 들었다.

부우우웅!

"어쩔깝쇼, 도련님?"

"일단 썰어."

기다렸다는 듯 바로스가 몸을 날렸다.

"넵!"

원숭이들은 빨랐다. 그리고 시끄러웠다.

"무식한 놈들!"

"문으로 들어와야지!"

"왜 벽을 부숴!"

"내내 기다리고 있었잖아!"

"돌아오느라 한참 걸렸네!"

원숭이치곤 의외의 달변이다.

듣자 하니 카르나크 일행이 벽 부수며 돌입한 탓에 자신들이 매우 고생을 했다는 듯했다.

"과연."

세라티는 납득했다.

"이래서 카르나크 님이 굳이 벽을 부수고 돌입한 거였구나."

바로스가 투기검을 휘두르며 원숭이 떼 사이로 뛰어들었다.

세라티도 재빨리 뒤를 따랐다.

붉은 오러가 수십 번이나 번뜩이며 피를 튀겼다.

날개 달린 원숭이들이 태풍에 휘말린 비둘기처럼 우수수 떨어지기 시작했다.

"끼이익!"

"께에엑!"

수십 마리나 되는 날개 달린 원숭이들을 모조리 참살하는 데는 몇 분 걸리지도 않았다.

카르나크까지 나설 것도 없었다. 바로스와 세라티 선에서 그냥 정리가 되었다.

단순히 두 사람이 강해서만은 아니었다.

애초에 날개 달린 놈들이 복도를 돌아다니는 것부터가 문제다. 날아다닌다는 이점을 거의 못 살리는 것이다.

일반 병사라면 모를까, 오러 유저에겐 전혀 어렵지 않은 상대였다.

"이놈들, 너무 약한데요?"

"이 정도에 파사의 여단이 당했을 리는 없을 것 같아요."

반대쪽 복도가 소란스러워졌다. 카르나크가 손짓을 했다.

"또 온다, 바로스."

이번에 나타난 놈들은 어린아이만 한 크기의 두꺼비들이었다.

징그럽게 생긴 두꺼비 수십 마리가 폴짝폴짝 뛰어오며 울어 댄다.

"두껍!"

"두껍두껍!"

세라티가 어깨를 축 늘어트렸다.

"저기, 원래 두꺼비 울음소리는 저게 아니지 않나……."

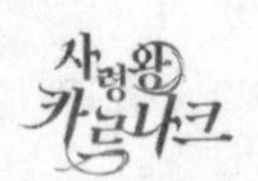

다가온 두꺼비들이 일제히 점액질의 괴물로 변했다.

과자의 집 밖에서 만난 그 괴물들이었다.

“크아아아!”

“카아!”

이번에도 카르나크 일행은 괴물들을 문제없이 무찔렀다.

싹 쓸어버리고 한숨 돌리려는데 또 복도 저편에서 뭔가가 우르르 몰려온다.

수십 마리의 검은 고양이들이었다.

이젠 세라티도 귀엽니 어쩌니 하지 않았다. 저 귀여운 고양이들이 어떻게 변하는지 이미 봤다.

그저 울음소리만 좀 신경 쓰일 뿐이었다.

“고양!”

“고양고양!”

어처구니가 없어 세라티가 바로스를 돌아보았다.

“……지옥은 원래 다 이따위예요?”

“저도 모르겠는데요. 지옥이라도 원래 이렇진 않아요.”

어차피 변신하고 나면 똑같은 점액질의 괴물들이다. 당연히 이 고양이 떼도 아까 나타난 두꺼비 떼와 똑같은 수순을 밟았다.

똑같이 싹 쓸어버렸다는 소리다.

“아무래도 또 나타날 것 같죠?”

바로스의 예상대로였다.

이번엔 수십 마리의 토끼들이 폴짝거리며 복도를 뛰어오기 시작했다.

카르나크가 중얼거렸다.

“대충 법칙이 짐작이 가는군.”

고양이와 두꺼비, 거기에 토끼까지? 전승에서 전해지는 전형적인 마녀의 수하가 아닌가?

“전형적이고, 보편적인 이미지야.”

다만 이해가 안 가는 부분도 있긴 했다.

이번에 나타난 토끼들은 앞발에 알록달록한 계란을 들고 있었다.

“계란이랑 토끼랑 무슨 상관이지, 세라티?”

“이건 저도 모르겠는데요.”

몰려든 토끼 무리가 카르나크 일행을 노려보며 울기 시작했다.

“토토!”

“토토토토토토!”

배신당한 기분이 들어 세라티가 항변했다.

“야! 끼 어디 갔어, 끼?”

“뭔 이상한 트집을 잡고 있어요?”

한마디 던지는 바로스의 표정도 좋진 않았다.

진지하지 않은 것도 정도껏이지, 맥이 탁탁 빠진다.

“그래도 무시할 순 없으니…….”

"싸우긴 싸워야죠, 네."

점액질의 괴물로 변한 토끼 떼를 바로스와 세라티가 마구 썰어 댔다.

그 광경을 지켜보며 카르나크는 차분히 생각에 잠겼다.

"얼핏 지옥답지 않아 보이지만……."

어떤 의미에선 매우 지옥답다. 현실이 뒤틀렸다는 점에서.

'중요한 건 왜, 그리고 어떻게 뒤틀렸냐는 건데…….'

이번에도 괴물들은 쉽사리 쓸렸다. 하지만 아까보단 두 사람의 안색이 편해 보이지 않았다.

"별것 없는 놈들이긴 한데……."

"계속 이렇게 나오면 피곤하겠는데요, 도련님?"

"그럼 좀 쉬자."

"어디에서요? 쉴 만한 장소가 없잖아요."

세라티의 의문에 카르나크가 양손을 들었다. 손가락 사이로 어둠이 넘쳐흐르기 시작했다.

"이제부터 만들 거야."

이곳의 구조는 대충 파악했다.

"무한의 회랑의 변형판이지."

다만 고도의 사령술이 개입된 건 아니다.

사령술식으로 결계를 펼친 것이 아니라, 그냥 막대한 권능으로 무식하게 차원에 구멍을 뚫어 지옥의 일부와 강제로 연결시킨 것이다.

그래서 구조를 파악하는 데 제법 시간이 걸렸다.

고난이도의 술식일수록 파해하기 어렵다지만, 사령왕이었던 카르나크에게 어차피 대부분의 술식은 고난이도가 아니다.

차라리 이런 단순 무식한 방식이 파악하긴 더 어렵다.

술식이 아니라 공간 자체의 흐름을 일일이 확인해야 하니까.

술식을 펼치며 카르나크는 양손을 복잡하게 움직였다.

"거짓된 뒤틀림을 지우고 진정한 왜곡으로 되돌리노라……."

열 손가락이 허공을 연주하듯 톡톡 두들긴다.

"악은 악으로, 재는 재로, 먼지는 먼지로."

그때마다 어둠의 파동이 퍼져 나가 중첩되며 공간을 흔든다. 천장이, 바닥이, 벽이 바르르 떨린다.

"죽음에도 순리가 있으니 그릇된 지옥이여, 정해진 이치를 따를지어다."

과자의 복도가 서서히 사라지기 시작했다.

세라티의 안색이 굳었다.

'헉!'

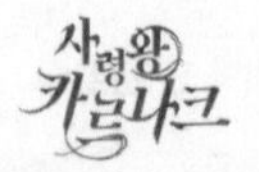

초콜릿으로 마감한 천장의 문양이 사라지고 핏줄이 감긴 뼈다귀가 나타났다.

빵으로 쌓아 올린 벽이 꿈틀대는 고깃덩이로 변했다.

반짝이는 사탕 촛대 대신 푸르게 불타는 촉수 덩이가 기이하게 꿈틀거리고 있었다.

심지어 바닥조차도 수백의 인골이 가득 얽혀 카펫처럼 펼쳐진 상태.

"으으……."

주위를 두리번거리며 그녀는 뒷걸음질을 쳤다.

그 예쁘던 과자의 집이 시뻘건 고기의 집으로 변해 버린 것이다.

모든 것이 엄청나게 흉측하고, 섬뜩하며, 기괴하다.

"이, 이게 뭐예요?"

별것 아니란 듯 두 사람이 대꾸했다.

"뭐긴."

"여기 진짜 모습이죠."

둘 다 원래 이런 줄 알고 있었다는 태도였다.

당황한 와중에도 그녀는 내심 납득했다.

'어쩐지, 단거라면 환장하는 저 인간들이 눈길도 안 주더라니…….'

카르나크와 바로스가 적당히 자리를 잡고 주저앉았다.

"그럼 좀 쉬자."

인상을 쓰며 세라티가 복도 저편을 돌아보았다.

"정말 쉬어도 되는 거예요?"

또다시 날개 달린 원숭이가 날아오고 있었다.

길어 봐야 몇 초면 이곳에 도달할 거리였다. 적어도 눈으로 보기에는.

"괜찮아."

카르나크는 원숭이들을 가리켰다.

놈들은 전혀 다가오지 못하고 있었다. 죽어라 날갯짓하며 날고 또 나는데도, 제자리를 벗어나질 못한다.

"저기서 여기까지 오는 데 한 달은 걸릴걸."

끝없이 펼쳐진 악몽의 공간.

고기의 벽이 꿈틀대며 좌우로 밀어닥친다. 천장이 무너지며 검붉은 촉수를 내뿜는다. 내뿜은 촉수가 날카로운 창칼이 되어 전신을 꿰뚫는다.

비명이 터져 나왔다.

"아아아악!"

이대로 나아가면 기다리는 것은 파멸뿐.

도망친다. 무너지는 세상을 등진 채 미친 듯이 달린다.

소용없다. 세상이 무너지는 속도가 훨씬 빠르다.

"으아아아악!"

울부짖고 또 울부짖었다. 그 외엔 다른 선택지가 없었다.

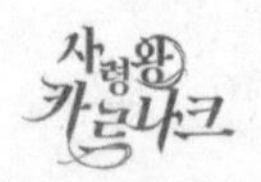

주위의 동료들이 죽어 간다.

수많은 촉수들이 목을 조르고 팔다리를 잡아 뽑아낸다. 바닥과 천장이 달라붙어 전신을 으깨 버린다. 체액이 방울져 떠올라 사방으로 튄다. 모든 것이 찌그러지고 뭉개지고 터져 나간다.

아무리 도망쳐도 악몽은 멀어지지 않았다.

천장이 바닥이 되고 벽이 창문이 된다. 구멍 뚫린 벽 너머로 또 다른 복도가 펼쳐진다. 피의 바다가 넘쳐 나 모두를 집어삼킨다.

이 모든 악몽의 너머에 저들이 있다.

차가운 눈동자, 한 치의 자비조차 보이지 않는 표정으로 현실에 지옥을 펼쳐 모든 것을 죽여 버리는 자들이.

그저 비명을 내지른다.

"아아아악!"

이 공포와 절망 속에서 유일하게 허락된 자유였다.

"아아아아악!"

⁂

"……왜 우리가 악당이 된 기분이죠, 이거?"

복도 저편을 바라보며 세라티가 혀를 찼다.

카르나크와 바로스가 고개를 저었다.

"기분 탓이야."

"저건 그냥 지옥의 잔존 사념 같은 겁니다. 비명 지른다고 전부 생명체가 아니라니까요."

지금 이들의 눈앞에 펼쳐진 광경은 이렇다.

날개 달린 원숭이며 점액질 괴물들이 미친 듯이 카르나크 일행을 쫓아온다. 그리고 이내 밀려드는 고기의 벽이며 날뛰는 촉수 무리에 휘말려 박살 나 버린다.

"끼야아아악!"

"아아아악!"

"카아악!"

이 일대는 완전히 카르나크의 지배하에 들어왔다. 얼마든지 공간을 조작해 괴물들을 난도질할 수 있는 것이다.

덕분에 바로스와 세라티는 더 이상 할 일이 없었다. 그냥 카르나크의 뒤를 졸졸 따라다니며 경계만 하면 되었다.

느긋하게 해골 바닥을 걸어가며 카르나크는 주위를 감상했다.

알록달록한 과자의 복도를 걸을 때와 달리 한껏 평온한 표정이었다.

"과자의 집 같은 것보다 이쪽이 훨씬 익숙하고 정감 있지, 역시."

세라티가 한숨을 쉬었다.

"말도 안 되는 소리 같은데, 정말 그렇게 느껴진다는 게

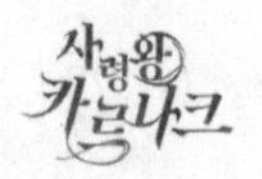

우습네요."

알록달록 예쁜 과자에 둘러싸여 있을 때보다 흉측한 뼈와 고기로 가득한 이 풍경이 오히려 마음이 편하다.

딱히 이런 풍경이 보기 좋아서가 아니라, 적어도 아까 느꼈던 기분 나쁜 이질감이나 괴리감은 없는 것이다.

계속 걸음을 옮기며 카르나크가 정신을 집중했다.

"그나저나 알리우스는 어디 있으려나?"

그의 지배력은 견고하지만 넓지는 않았다. 결계 강탈 술식은 완벽하게 펼칠 수 있어도 사령력에 제한이 있는 것이다.

그래서 계속 이동하며 찾아야 했다. 물론 그 와중에도 계속 괴물들은 조져야 했고.

"아아아악!"

"크아악!"

"크아아아아!"

쉴 새 없이 울리는 괴물들의 비명을 뒤로한 채 한참을 걸었을 때였다.

"아, 여긴가?"

눈앞의 풍경이 일그러지며 회오리치더니 이내 거대한 입구가 열렸다.

입구 너머로 펼쳐진 것은 예쁘게 치장된 웅장한 과자의 홀이었다.

쟁반을 들고 다니던 장화 신은 고양이들이 카르나크 일행을 보더니 경계의 울음을 터트렸다.
"냐옹!"
"냐옹냐옹!"
"어머, 저 고양이들은 왜 멀쩡하게 울죠?"
세라티의 의문에 별거 아니란 듯 카르나크가 대꾸했다.
"뒤틀림이 과해서 그래."
더욱 이해가 안 가 그녀가 눈을 깜빡였다.
"과한데 왜 도로 멀쩡해져요?"
"저게 현실의 멀쩡함이냐? 동화 속 멀쩡함이지."
과연, 저 장화 신은 고양이들은 점액질 괴물로 변하는 게 아니라 쟁반을 든 채 사방으로 도망가고 있었다.
그것도 두 발로.
하는 짓만 보면 정말 동화 속 고양이 같긴 하다.
"그래도 무슨 소리인지 잘 모르겠는데……."
애매해하며 세라티가 막 고개를 들던 중이었다.
"앗!"
홀 허공에 수십 개의 새장이 매달려 있는 것이 보인다.
고양이에 정신이 팔려 이제 발견한 것이다.
각 새장마다 실종되었던 사람들이 갇힌 채 아우성을 터트리고 있었다.
"……!"
"……?"

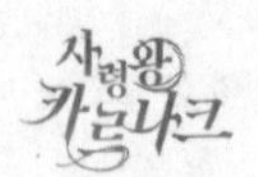

물론 소리가 차단되어 있으니 카르나크 일행 눈에는 그냥 입을 뻐금거리는 걸로만 보인다.

카르나크와 바로스가 태연하게 중얼거렸다.

"오, 살아 있었구만."

"심지어 죄다 살아 있는데요?"

"왜 이렇게 많이 살아 있지?"

"왜 두 분 다 보고만 있는 거예요? 빨리 구해야……."

막 세라티가 새장 쪽으로 향하려 할 때였다.

"잠깐만요."

바로스가 그녀를 말린 뒤 주위를 가리켰다.

"여긴 왜 아직도 과자투성이입니까, 도련님?"

그제야 세라티도 이상함을 감지했다.

여전히 사방이 과자로 뒤덮여 있었다. 카르나크가 왔으니 흉측한 고기의 홀로 변해야 하는데도.

"말했잖아, 뒤틀림이 과하다고."

더 이상 그의 지배력이 통하지 않는다는 건 홀에 드리워진 뒤틀린 이미지가 그만큼 진하다는 의미다.

이 영역의 주체에 가깝다는 소리이기도 하다.

차가운 눈으로 카르나크는 홀 저편을 노려보았다.

"마녀가 가까이 있다."

수십 개의 새장들 너머로 음산한 목소리가 울려 퍼졌다.

"케헬헬헬……."

섬뜩한 노파의 음성이었다.

"정말 예쁘게 생긴 아이들이로구나."

참으로 흉측하게 생긴 마귀할멈이었다.

얼마나 나이가 든 건지 짐작도 안 가는 주름살 가득한 얼굴에 매부리코, 복장은 넓은 챙이 달린 고깔모자에 허름한 로브 차림이고 한 손엔 빗자루를 들고 있었다.

마녀를 노려보며 카르나크는 생각했다.

'기억 투영에서 본 그대로구만.'

대륙에서 칭하는 마녀의 정확한 정의는 이것이다.

어둠과 죽음의 권능을 구사하는 여성 사령술사.

단순히 마법을 쓰는 여성을 마녀라 하진 않는 것이다.

3인의 대마법사 중 1인인 엘레자르를 마녀라 칭하지는 않는 것처럼.

상대는 꼬부랑 노파였고, 고도의 사령술을 구사하고 있었다. 누가 봐도 흠잡을 데 없는 마녀였다.

'그런데 왜 이렇게 느낌이 아닌 것 같은지 모르겠단 말이지?'

마녀가 카르나크 일행을 향해 다가온다.

슬그머니 지팡이를 꺼내 겨누며 카르나크가 소리를 질렀

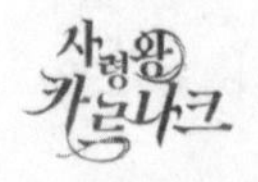

다.

“어이, 할멈! 당신 진짜 마녀요?”

마녀가 인상을 썼다.

“에그, 다들 너무 야위었구나.”

“이 사람들은 왜 잡아 온 거요? 먹으려고?”

“이 할미는 포동포동 살찐 아이를 잡아먹는 걸 좋아한단다!”

참으로 모범적인 횡설수설이었다.

세라티가 전언을 보냈다.

[……라피셀을 처음 만났을 때랑 너무 똑같은데요?]

이쪽이 뭐라 하건 들은 체 만 체에, 했던 말 또 하는 것까지 흡사하다.

[이렇게까지 비슷한데, 또 누가 건너온 건 아니라는 건가요?]

[내가 봐도 그렇게 보이긴 해.]

상황만 보면 세라티의 추측은 매우 합당하다. 카르나크도 머리로는 동의하고 있었다.

[느낌은 절대 아니라고 부르짖고 있지만 말이지.]

어차피 대답을 기대한 것은 아니다. 그냥 반응 자체를 보려고 한 짓이다.

‘제대로 확인해 봐야겠군.’

예나 지금이나, 호기심을 해결하는 그의 방식은 항상 같았다.

폭력이다.

"바로스!"

기다렸다는 듯 금발의 기사가 앞으로 나섰다.

"넵!"

마녀도 몸을 날렸다. 로브 자락을 휘날리며 마치 유령처럼 바로스의 코앞까지 들이닥친다.

예상 이상의 스피드라 그의 안색이 살짝 굳었다.

'진짜 빠른데?'

마녀가 빗자루를 내리쳤다. 바로스도 투기검을 들어 막았다.

막대기와 검이 충돌하며 파문이 일었다.

콰아앙!

파문이 사방의 과자 바닥을 부수며 사방으로 파편을 날렸다.

매달린 새장들이 일제히 흔들릴 정도로 강렬한 충격파였다.

그럼에도 바로스는 한 치도 물러서지 않았다.

'이 정도로 밀리진 않지, 내가.'

밀려오는 충격을 살짝 무릎을 구부려 대지로 흘린 것이다.

얼핏 단순해 보이지만 어지간한 오러 유저는 꿈도 못 꾸는 고도의 흘리기 수법이었다.

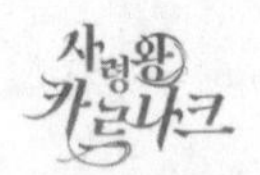

마녀 역시 물러서지 않긴 마찬가지였다.

"케헬헬, 말을 듣지 않는 아이로구나!"

다만 그 이유는 바로스와 전혀 달랐다.

그냥 맨몸으로 버텼다. 힘을 흘리는 기술 같은 건 전혀 없이.

그래서 바로스는 의아했다.

'몸이 멀쩡한 거야 튼튼해서 그렇다 치고, 왜 밀리지도 않지?'

딱히 체중이 무거운 것도 아니고 땅에 박혀 있는 것도 아니다. 뭔가 좀 이상하다.

곧바로 세라티도 몸을 날렸다.

[저도 가세할게요!]

투기검을 뽑아 들고 마녀의 배후에 선다. 그리고 노파심에 카르나크에게 한마디 던진다.

[지옥 갑옷은 주지 마세요! 제 힘만으로 싸울 테니까!]

라피셀과 싸울 때 입었던 지옥산 갑주는 물론 굉장한 위력이었지만, 그만큼 영혼을 오염시키는 물건이었다. 목숨이 오락가락하기 전엔 되도록 걸치고 싶지 않았다.

뭐, 카르나크도 애초에 줄 생각 없었지만.

[달라고 해도 안 줘. 이렇게 보는 눈이 많은데 설마 주겠냐?]

새장에 갇혀 이 전투를 지켜보는 사람이 무려 수십 명이다.

저들은 소리가 차단된 것이지 시야가 차단된 것이 아니다.

[아, 하긴.]

바로스와 세라티가 마녀를 앞뒤로 포위하며 투기검을 겨눴다.

마녀가 빗자루를 내던졌다. 그리고 세라티에게 달려들었다.

손톱이 길게 난 양손을 마구잡이로 휘두른다.

"케헬헬헬!"

오러 유저라면 눈 감고도 피할 수 있을 정도로 빤한 공격이었다.

물론 세라티는 바보가 아니니 두 눈 잘 뜨고 신중하게 피했다.

동시에 마녀의 어깨에 투기검 일격!

타앙!

오러의 칼날이 허우적대는 로브 자락을 뚫지 못하고 튕겼다.

세라티가 혀를 찼다.

'역시 이 정도론 안 통하나?'

별로 놀랍진 않았다.

이미 기억 투영 영상을 통해 레오콜트와 레스테인의 전투를 봤다. 그들 역시 그녀와 동급의 레드 나이트지만 전혀 상처를 입히지 못했다.

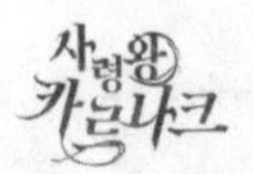

추가로 뭔가가 더 필요하다.

'그렇다면 어디…….'

세라티가 마녀의 품으로 파고들었다.

'이렇게…….'

그동안 지겹게 봐 온 바로스의 움직임을 떠올리며 칼날을 교묘히 놀린다.

"타앗!"

마녀의 공격이 머리카락을 스쳐 지나간다. 동시에 그녀의 투기검이 다시 한번 상대의 어깨를 찌른다.

파아앗!

이번엔 로브가 뻥 뚫리며 시꺼먼 연기가 피처럼 흘러내렸다.

마녀가 달려드는 힘을 이용해 정확히 카운터를 노린 것이다.

투기검으로 어깨를 뚫은 게 아니라, 마녀가 자기 어깨로 칼끝을 때린 형국이다.

"이건 통하네."

뿌듯해하며 세라티는 미소를 지었다. 스스로 생각해 봐도 이번엔 좀 잘했다.

바로스도 꽤나 흡족한 표정이었다.

[오, 방금 건 꽤 좋았어요, 세라티 경.]

오만상을 찌푸리며 마녀가 분노를 터트렸다.

"……말을 듣지 않는 아이들이로구나!"

알리우스는 새장 속에서 갇힌 채 카르나크 일행을 지켜보고 있었다.

'역시 저들이라면 우리를 찾을 줄 알았어.'

그의 신뢰는 기대 이상으로 보답받았다. 예상보다 훨씬 일찍 구하러 와 주었으니까.

하지만 조금 이상한 부분이 있었다.

현재 카르나크 일행은 도와줄 심문관을 대동하지 않았다.

'그런데 어떻게 여길 찾은 거지?'

그가 남긴 신성력은 너무 희미해 오러 유저나 마법사의 감각으로는 감지할 수 없는 것이다.

감지가 가능한 경우는 둘뿐이다.

정식으로 훈련을 받은 심문관이거나 혹은…….

'사령술사라면 모를까…….'

흥분한 마녀는 더더욱 거칠게 날뛰었다.

연신 홀 이곳저곳을 부수며 무식한 육탄 돌격을 가한다.

"못된 아이들 같으니!"

하지만 바로스와 세라티는 어렵지 않게 대응했다. 워낙 마녀의 공격이 엉망진창인 덕분이었다.

주먹질, 발길질이 노골적으로 보이니 피하기도, 반격하기도 쉬웠다.

게다가 적절히 날아드는 카르나크의 마법도 한몫했다.

"포스 로프!"

마력의 밧줄이 날아가 마녀의 손발을 휘감는다.

물론 순식간에 끊어지지만, 아주 잠시 움직임이 느려진다.

그 틈에 전격의 그물을 펼쳐 퇴로를 차단하고…….

"라이트닝 스턴!"

대지를 변형해 거대한 손아귀로 마녀를 움켜쥔다.

"피스트 오브 그라운드!"

이 경우엔 흙이 아니라 과자의 손아귀겠지만.

공격 마법보다는, 마녀의 움직임을 방해해 바로스와 세라티에게 유리한 기회를 주는 식으로 마법을 운용하는 것이다.

과자의 홀을 누비며 카르나크 일행은 지속적으로 마녀를 몰아붙였다. 확실히 승기를 잡은 모습이었다.

그러나 마녀도 쉽게 당하진 않았다.

계속 베이고 마법에 강타당하면서도 영 쓰러지질 않는다.

"손을 내밀어 보렴! 살이 얼마나 쪘는지 보게!"

"헛소리인 줄은 아는데, 듣다 보니 기분 나쁘네."

투덜대며 세라티가 마녀의 내려 차기를 피한 뒤 투기검을 올려 그었다.

아까와 마찬가지로 상대의 힘을 이용한 카운터였다.
이번에도 어렵지 않게 마녀에게 상처를 냈다.
문제는 마녀도 어렵지 않게 부상에서 회복되어 버린다는 점이었다.
"팔뚝! 팔뚝을 보자!"
금방 멀쩡해져 다시 양 손톱을 뻗어 온다.
혀를 차며 바로스가 뒤로 물러섰다.
"……저거 동화 대사 아닌 것 같은데?"
내내 이런 양상이었다.
분명히 몰아붙이고는 있는데 치명상을 입힐 수가 없었다.
마녀의 공격은 분명 엉망이었지만 몸놀림은 달랐다.
단순히 빠를 뿐만 아니라, 다음 동작이 도저히 예상이 가질 않는다.
문득 바로스는 의문을 느꼈다.
'왜 공격은 뻔히 보이는데 몸놀림은 예상이 안 되지?'
상대가 아무리 빨라도, 저 정도로 움직임이 뻔하면 보통은 예측이 가야 한다. 특히나 바로스 정도의 경험이 있다면 더더욱 그렇다.
'혹시…….'
마녀의 움직임 전체가 아닌, 신체의 말단인 손과 발만을 유심히 살피기 시작했다.
마녀가 두 발로 땅을 박찬다. 그리고 허공으로 뛰어오른다.

'뭐야? 동작과 실제 힘의 흐름이 다르잖아?'

그냥 점프하는 동작만 취했을 뿐, 실제로는 허공을 미끄러진 것이고 날아간 것이었다. 마치 유령들처럼.

'이래서 다른 사람들이 그리 쉽게 당한 거였구만.'

일단 원인을 알면 해답을 찾는 건 어렵지 않다.

바로스는 마녀의 등 뒤로 돌아 접근했다. 마녀가 뒤를 돌아보며 미끄러지듯 움직였다.

정확히는, 움직이듯이 미끄러진 것이지만.

'미안하지만 난 이런 움직임에 꽤 익숙해서 말이지?'

유령처럼 움직이는 상대는 지겹게 봐 왔다. 간단히 따라가며 바로스가 투기검을 내리쳤다.

콰앙!

이번엔 정통으로 마녀의 옆구리를 후려갈겼다. 상대가 미처 피할 틈을 주지 않은 것이다.

괴상한 웃음과 어둠의 선혈을 동시에 터트리며, 마녀가 연신 손톱을 휘둘러 대기 시작했다.

"케헬헬헬!"

바로스가 차분하게 칼끝을 돌렸다.

세라티는 마녀의 공격에 카운터를 날리기 위해 일단 치고, 빠지고, 파고들고, 빈틈을 노리며 상대의 힘을 자신의 공격에 덧씌워야 했다.

하지만 그는 그럴 필요가 없었다.

“헙!”

순간적으로 바로스의 투기검이 청색으로 바뀌었다.

날아드는 마녀의 공세가 투명한 방패에 막힌 것처럼 사방으로 미끄러졌다.

그리고 다시 적색의 투기검을 발하며 연격에 나선다.

적색 투기는 강능제유, 청색 투기는 유능제강.

강유일체인 퍼플 나이트의 경지까진 아직 다다르지 못했지만, 이렇게 순간적으로 바꿈으로써 비슷한 효과를 낼 수 있는 것이다.

덤으로 일부러 경지를 오르내림으로써 투기도 절약할 수 있다. 은검기부터는 다들 하는 짓이다.

“타아아아아앗!”

마녀의 전신으로 참격이 비처럼 쏟아졌다. 로브가 사정없이 찢기며 어둠이 분수처럼 사방으로 터졌다.

파아아아앗!

분노한 마녀가 더더욱 흥분해 날뛰려 할 때였다. 바로스의 눈이 순간적으로 빛났다.

‘지금!’

한 발 앞으로 나서며 몸을 틀어 길게 횡 베기를 날린다.

동시에 투기검이 적색과 청색으로 동시에 명멸한다!

콰앙!

폭음과 함께 마녀의 오른팔이 통째로 박살 났다.

바로스가 흐뭇해하며 중얼거렸다.

"나도 아직 녹슬진 않았구만."

팔을 잃은 마녀가 무표정한 얼굴로 고개를 들었다.

어둠이 피어오르며 잘린 팔이 도로 돋아났다.

바로스는 놀라지 않았다.

"사령술을 쓰는 마물이 팔다리 도로 생기는 경우야 흔하지, 뭘."

'두 팔 도로 돋아난 사령술의 마물'이 찜찜한 얼굴로 그를 돌아보았다.

[……저 들으라고 하는 소린 아니죠?]

[저도 왕년엔 같은 처지였다니까요.]

실소하며 그는 세라티에게도 마녀의 비밀을 가르쳐 주었다.

[그러니까, 유령 상대한다는 기분으로 몸놀림을 파악하면 움직임도 예측이 될 거예요.]

[제가 그걸 할 수 있을지 모르겠네요.]

당연히 할 수 있다는 것처럼 말하는데, 저게 신뢰의 표시인지 아니면 올챙이 적 생각 못 하는 개구리 심보인지 모르겠다.

'하여튼 알려 줬으니 해 봐야지.'

세라티는 정신을 집중하며 마녀를 노려보았다.

마녀는 여전히 무심한 얼굴로 서 있었다.

그녀는 의아해했다.

'왜 안 움직이지?'

더 이상 괴상한 헛소리도 없고 웃음도 터트리지 않는다. 마치 인형처럼 보일 지경이다.

그때였다.

갑자기 마녀가 입을 벌렸다. 시꺼먼 입속에서 괴상한 소리가 터져 나왔다.

"그오오!"

그것은 음성이 아닌 음향이었다.

인간적인 느낌이 완전히 배제된, 그야말로 무기질적인 소음 그 자체.

"그오오오오!"

과자의 홀이 지진이라도 난 것처럼 흔들리기 시작했다.

천장과 벽이 일그러지며 과자 더미가 불쑥불쑥 튀어나온다. 초콜릿과 설탕이 서로 뭉치고, 과자와 케이크가 덩어리째 엉겨 붙는다.

이내 수많은 과자 병정, 과자 호랑이, 과자 드래곤 등이 홀을 가득 메웠다.

귀여운 건지 징그러운 건지 모를 마물들이 포효를 터트렸다.

"캬캬캬캬캬!"

"크아아아!"

"카오오오!"

주위를 둘러보며 세라티가 혀를 찼다.

"뭐야? 육탄전 때려치웠어?"

수많은 과자 마물들이 사방에서 몰려온다.

과자로 만들어졌다고 해서 우습게 볼 순 없다. 겉모양만 과자일 뿐 실제 강도는 강철에 필적한다.

물론 오러 유저의 투기검은 강철도 벨 수 있지만, 숫자가 너무 많다. 하나하나 상대하기엔 체력 소모가 너무 크다.

"크아아아!"

몰려오는 과자 마물들을 열심히 썰어 가며 바로스가 인상을 썼다.

[이거 꽤 거슬리네요.]

마녀는 자신의 영향 아래 있는 과자의 홀 전체를 변화시켜 수하로 만들어 부리고 있었다. 복도에서 점액질 괴물들을 마주했던 상황과 비슷한 것이다.

그렇다면 해결책도 똑같을 터.

[어떻게 안 돼요, 도련님?]

[지금은 무리지.]

아까와 달리 지금은 보는 눈이 있으니 함부로 사령술을 쓸 수 없다. 오직 혼돈마법만이 사용해도 안전하다.

세라티가 눈짓으로 홀 입구를 가리켰다.

[장소를 옮길까요?]

[아니, 그럴 필요까진 없어.]

새장을 힐끔거리며 카르나크가 눈을 빛냈다.

[마침 좋은 기회야. 이참에 새로 개발한 마법을 시험해 봐야겠다.]

원래 카르나크가 개발한 혼돈마법은, 어디까지나 혼돈마력으로 평범한 마법을 구사할 수 있게 하는 수법이었다. 마법 자체는 기존의 형식에서 크게 벗어나지 않았다.

하지만 데즈라스의 영혼을 취한 후 상황이 조금 바뀌었다.

검은 신의 교단은 사령술과 마법을 융합해 새로운 방식으로 사용하고 있었다.

이 방식을 훔친 뒤 사령술과 마법의 장점만을 섞어 새로운 혼돈마법으로 탈바꿈시킨 것이다.

몰려드는 과자 마물들을 향해 카르나크가 지팡이를 겨눴다.

[파이어볼은 강력한 마법이지만 일직선으로 날아가 터질

뿐이지.]

그래서 세심한 컨트롤과 범위 조절 능력을 필요로 하는 마법이다.

대놓고 날리면 적도 쉽게 피해 버릴 테고, 엉뚱한 데서 펑 터져 괜히 마력 낭비만 하게 된다.

[반면 여우불은 스스로 적을 쫓아가는 백발백중의 사령술이지만 화력이 너무 낮고.]

여우불로 적을 맞히는 건 매우 쉽다.

사령술사가 따로 신경을 쓰지 않아도 알아서 날아가 알아서 적을 맞힌다. 어지간해서는 피하기 힘들다.

문제는, 피하기는 힘든데 그냥 허공에서 박살 내는 건 또 일도 아니라는 점이었다. 워낙 파괴력이 낮으니까.

하지만 이 두 방식을 적절하게 섞어 준다면?

지팡이를 치켜들며 카르나크가 주문을 외웠다.

"작열하는 영혼의 불꽃이여, 의지에 이끌려 내 적을 쳐라!"

거대한 불타는 여우가 열기를 발하며 허공을 미끄러진다. 그리고 홀을 내달리며 수십의 여우로 분산된다.

그 수많은 여우 불꽃이 단 하나도 남김없이, 홀을 메운 과자 마물들을 정확히 타격한다!

콰콰콰콰콰쾅!

홀 전체가 불바다가 되었다.

사방에서 흑연이 피어오르며 굉음이 연달아 울렸다. 매달린 새장이 폭풍에 휘말려 거칠게 흔들렸다.

흡족한 듯 카르나크가 미소를 지었다.

"좋아, 위력 쓸 만하네."

분명 4서클 파이어볼을 개조한 마법인데, 거의 6~7서클에 달하는 파괴력이 나왔다.

박살 난 마물들을 살피며 바로스도 감탄을 흘렸다.

[와, 이건 진짜 세네요.]

마법으로는 불가능한 명중률로, 사령술로는 불가능한 파괴력을 낳은 것이다.

[하지만 아직 많이 남았는데요?]

여우불은 분명 단 하나도 빗나가지 않았다. 수십 개의 불꽃이 전부 명중했다.

하지만 마녀가 부른 마물은 수백에 달한다.

[기다려 봐, 좀.]

지팡이로 홀 바닥을 내리찍으며 카르나크가 투덜댔다.

[아직 덜 끝났으니까.]

통, 통, 통!

지팡이 끝이 바닥을 연신 두들긴다. 그때마다 옅은 빛의 파문이 사방으로 퍼져 나간다. 퍼진 파문이 과자 바닥으로 스며들어 요동친다.

"일어나라, 대지의 혼이여!"

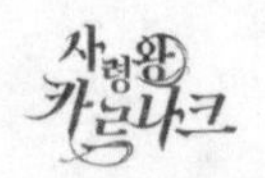

과자로 만들어진 바닥에서 쿠키 더미가 솟구쳤다. 그리고 수십 기의 설탕 거인으로 변했다.

바로스와 세라티가 놀란 표정을 지었다.

평소 보던 골렘 소환술이 아니었다.

[어?]

[저런 것도 돼요?]

둘 다 오러 유저인 만큼 총괄적인 기운의 형태 정도는 감지할 수 있다.

강력한 마나가 사령력으로 가득한 과자 더미를 감싸 골렘으로 바꾸고 있었다.

사령술을 쓰지 않고, 혼돈마법만으로 마녀의 지배력에 영향력을 끼치고 있는 것이다.

[나니까 되는 거야, 나니까.]

잘난 척을 하며 카르나크는 주문을 이었다.

"법칙이 어둠을 다스려 내 손에 놓을지니……."

골렘의 전신에서 검은 기운이 피어올랐다.

"가라, 나의 종들이여! 명에 따라 내 적을 쳐라!"

수십 기의 과자 거인들이 굉음을 동반하며 돌진하기 시작했다.

쿵쿵쿵쿵쿵!

스트로노프는 넋이 나간 상태로 홀을 지켜보고 있었다.

"대체 어떻게 저런 것이 가능하지?"

그는 6서클의 상급 마법사였다. 또한 파사의 여단 소속으로 수많은 사령술사들을 상대해 본 경험도 지니고 있었다.

그래서 확신할 수 있었다.

과자 골렘들은 노골적으로 어둠의 힘을 발하고 있었다. 하지만 그걸 제어하는 것은 틀림없이 마나였다.

저 젊은 마법사는 순수하게 마법만으로 마녀의 사령술을 빼앗아 지배하는 데 성공한 것이다.

"……세상에 저런 마법이 존재했단 말인가?"

홀 곳곳에서 요란한 전투가 벌어지고 있었다.

쿠키 골렘이 초콜릿 드래곤의 멱살을 붙잡고 내려찍는다. 설탕 병정들을 짓밟고 케이크 마물을 으깨 버린다.

굉음과 소음이 공간 전체를 울려 퍼진다.

이 장엄한 디저트 배틀의 두 주축은 바로 마녀와 카르나크였다.

마녀가 계속해 방대한 어둠의 권능으로 과자 마물들을 불러낸다. 카르나크 또한 혼돈마력으로 상대의 결계에 파고들어 혼선을 일으킨다.

어둠의 기류와 마나의 흐름이 뒤엉켜 혼잡함을 일군다.

결과가 만족스러운 듯 카르나크가 웃었다.

"잘 싸우네."

세라티가 몰래 전언을 보냈다.

[이래도 되는 거예요?]

지금도 새장에 갇힌 이들이 전투를 지켜보고 있다. 저들 시선은 신경 쓰지 않아도 되냐는 질문이었다.

[문제없어.]

카르나크는 자신 있게 대답했다.

[이건 진짜로 마법이거든. 사령술이 아니라.]

방식 자체는 원래 그가 펼치던 사령술과 하등 다르지 않다.

결계 위에 결계를 깔고 어둠의 흐름을 파악한 뒤 역으로 분석해 지배권을 훔쳐 오는 것.

방식도 위력도 똑같다.

다른 점은 하나뿐이다.

원래는 사령력으로 일으키던 현상을 혼돈마력으로 행한다는 것뿐.

[사람들 앞에서 당당하게 사용할 수 있다는 소리지.]

심지어 다른 마법사들이 수법을 물어보면 가르쳐 줘도 될 정도였다. 새로운 마법 학파를 개척한 셈이니까.

비록 시작 단계에선 암흑교단 쪽 술식을 베꼈지만.

[이 방식이라면 다른 마법사들도 상대의 사령결계에 훼방을 놓을 수 있을걸. 물론 나 정도로 자유자재로 다루진 못하겠지만.]

어쩌다 보니 진짜로 혼돈이란 단어에 어울리는 마법이 되었다.

카르나크가 으스대며 잘난 척을 했다.

[내가 이름은 꽤 잘 지은 것 같지 않냐?]

바로스도 솔직하게 감탄을 해 주었다.

[와, 참으로 대단하시긴 한데요.]

그리고 대뜸 물었다.

[대체 어떻게 이런 마법을 터득했다고 하시려고요? 고작해야 20살짜리 애송이가 만들어 낼 마법이 아니잖아요?]

새로운 마법 학파를 개척하는 업적은 최소한 9서클 이상, 보통은 대마법사에게나 가능한 일이었다. 이제 겨우 6서클의 마법사가 가능한 수준이 아닌 것이다.

물론 카르나크는 여기까지도 생각해 놓았다.

[그야 위대하신 스승님께서 남겨 주신 마법서를 통해 터득했지!]

[엥? 도련님이 스승이 어디 있다고요?]

[내가 왜 스승이 없어?]

사악한 사령왕 카르나크는 스승이 없지만, 정의로운 킹스오더 카르나크 남작에겐 150년 전의 궁정 마법사 달라스라는 스승이 있다. 어디까지나 설정상.

[또 그 양반 팔아먹는 거예요?]

[이보다 더 좋은 핑계도 없잖아?]

궁정 마법사 달라스가 남긴 최후의 마법 심득이 150년이라는 시간을 뛰어넘어 카르나크에게 전해졌다.

하늘이 내린 재능을 지닌 그는 지고의 노력을 통해 결국 사령술사를 상대하는 특유의 술식을 터득하고야 만 것이다!

[……라는 시나리오지.]

[그럴듯하긴 하네요.]

납득하며 바로스가 홀 천장을 힐끔거렸다.

[도련님 노림수대로, 눈치채는 사람도 없는 것 같고요.]

저 수십 개의 새장 속에는 오러 유저, 마법사, 성직자, 일반 병사 등 다양한 능력을 지닌 이들이 갇혀 있다.

저들 모두를 속일 수 있다면 이 혼돈마법이 얼마나 안전한지도 증명이 된다.

문득 궁금해져 세라티가 물었다.

[혹시 저들 중 눈치챈 사람이 나오면 어쩌시려고 했어요?]

[그 인간만 기억을 조작하면 되지.]

[그 사람이 동료에게 사실을 알릴 수도 있잖아요?]

[무슨 수로? 소리가 차단되어 있는데.]

[아…….]

[아무도 안 죽이고, 선한 방향으로 해결하려 노력 중이지.

나 진짜 사람답게 살고 있지 않냐?]

[그, 그렇긴 한데요…….]

딱히 틀린 말은 아닌 것 같은데 왜 이렇게 인정하기가 싫은지 모르겠다.

뚱한 표정으로 세라티는 새장 중 한 곳을 바라보았다.

'알리우스 씨는 괜찮으려나? 설마 눈치채진 않았겠지?'

알리우스는 떨었다.

'그렇군…….'

손끝을 떨며 눈앞의 광경을 지켜보았다.

'그런 거였어…….'

저건 어둠을 지배하는 마법이 아니었다. 사령술을 지배하는 마법이었다.

올바른 여신의 법칙을 따른 채, 그릇된 이치를 다스리는 마법인 것이다.

'그래서 우리를 이렇게 일찍 찾을 수 있었군.'

아무리 성직자가 어둠의 흔적을 잘 찾는다 해도 사령술사 본인보다 더 잘 찾진 못하는 법.

저런 마법을 쓸 수 있다면 성직자 이상의 탐지 능력을 보이는 것도 이해가 간다.

'어쩐지 유독 사령술사들에게 강하더라니…….'

저 마법은 그야말로 사령술의 천적이나 다름없었다.

그런 마법이 하필 종말의 어둠이 온 세상을 물들이는 이 암흑의 시기에 나타나다니?

"실로 여신의 인도하심이로다."

감동하며 알리우스는 성호를 그었다.

일단 한번 믿은 사람은 끝까지 믿는 것이 그의 가장 큰 장점이자 단점이었다.

세라티는 새장 속 알리우스를 유심히 살폈다. 그리고 안심했다.

'어, 문제없겠다.'

나름 친분이 꽤 있는지라 대충 표정이 읽힌다.

아주 노골적으로 신뢰의 빛이 두 눈동자에서 반짝거리고 있었다.

'알리우스 씨가 사람은 참 좋은데, 너무 순진하시단 말이지.'

그래도 다행이었다.

한동안 제국을 함께 여행할 사이인데, 밤마다 대가리에 바늘 꽂고 발버둥 치는 꼴은 보고 싶지 않았다.

그녀는 다시 홀 쪽으로 시선을 옮겼다.

'이제 저것만 처리하면 상황 종료인가?'

마녀는 몰려드는 과자 골렘들을 상대로 난동을 부리고 있었다.

"고오오오!"

무기질적인 소음을 내뱉으며 계속 팔다리를 휘두른다.

그때마다 골렘이 부서져 과자 부스러기가 사방으로 튄다. 마녀 역시 부서져 어둠을 풀풀 흘린다.

팔이 부서지고 도로 생긴다. 다리가 부서지고 도로 생긴다.

끝없이 파괴와 재생이 반복된다.

[마지막 발악이네요.]

바로스가 검을 고쳐 쥐었다.

[끝낼까요?]

[아니, 내가 할게. 이왕 기회가 생긴 김에 실험할 수 있는 건 다 해 놓아야지.]

[어쩌시려고요?]

질문에 답하는 대신, 카르나크가 역으로 물었다.

[마녀가 저렇게 오래 버틸 수 있는 이유가 뭐라고 생각해?]

두 칼잡이가 그걸 우리가 어찌 아냐는 표정을 지었다.

피식거리며 카르나크는 말을 이었다.

[여기가 뒤틀린 지옥이기 때문이야.]

이곳은 마녀의 강렬한 이미지로 뒤틀려 있다.

무의식의 우물에서 퍼 올린, 보편적이고 전형적이면서 흐릿하고 엉망진창인 동화의 이미지로.

그 이미지가 튼튼할수록 현실은 그만큼 약화된다.

그렇기에 현실의 검과 마법은 마녀를 상대로 위력이 크게 약해지지만, 마녀의 과자로 만든 골렘은 쉽게 그녀의 마물들을 부술 수 있다.

[뒤틀린 동화가 마녀의 현실이니, 그 동화 속 무기라면 아무 간섭 없이 마녀에게 치명상을 줄 수 있겠지?]

그러니 꺼낸다.

마녀의 동화 속에 숨겨진 강력한 무기의 이미지를.

지팡이를 고쳐 쥐며 카르나크는 혼돈마력을 끌어 올렸다.

"나와라, 가장 깊은 곳에 잠긴 심연의 일부여."

홀 여기저기서 소환진이 생기며 둥근 바퀴 모양의 물체가 튀어나왔다.

그걸 본 순간 바로스와 세라티의 표정이 묘해졌다.

'어?'

'저건…….'

누구나 아는 물건이었다.

[물레네요?]

농가 어딜 가도 볼 수 있는, 실 뽑는 기구 수십 개가 홀 여기저기 널려 있었다.

도저히 이해가 안 가 세라티가 물었다.

[왜 물레가 무기예요?]

이번엔 카르나크도 살짝 당황한 얼굴이었다.

[그, 글쎄?]

그라고 무기의 종류를 알고 소환한 건 아니었다. 그냥 이미지의 심연에 깔린 걸 건져 올린 것뿐이지.

하지만 소환된 이상, 저건 틀림없이 동화 속 무기 중 하나다.

문제는 저게 어떻게 무기가 된다는 건지 잘 모르겠다는 건데…….

잠시 고민한 카르나크가 지팡이를 휘둘렀다.

[에라, 여기서부턴 모든 남자아이들의 로망으로 때운다.]

원래 사람은 잘 모를 땐 익숙한 걸 하는 게 제일이다. 오랜 경험을 통해 그는 그 사실을 알고 있었다.

그리고, 동화의 이미지는 마녀만 가지고 있는 게 아니지.

"일어나라, 심연의 혼이여!"

수십 개의 물레들이 저마다 변형하며 특이한 형상이 되었다.

커다란 팔, 커다란 다리, 몸통에 머리통이며 손발로까지 일제히 변신한 뒤 모조리 날아가 허공에서 합체!

"고오오오!"

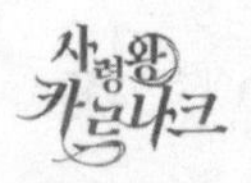

거대한 물레 골렘이 양팔을 들어 올리며 포효를 터트렸다.

그리고 대뜸 마녀를 향해 장절한 수도를 날렸다.

콰아아앙!

폭음과 함께 마녀가 10미터 이상 나가떨어졌다. 바로스가 눈을 크게 떴다.

[가, 강하네요!]

[당연하지.]

의기양양하게 카르나크가 어깨를 으쓱거렸다.

[세상에 변신 합체를 싫어하는 남자애들도 있냐?]

거대한 물레 골렘이 작은 마귀할멈을 무식하게 밀어붙인다.

"그오오오!"

쉴 새 없이 공격을 날리고 또 날린다.

골렘 펀치, 골렘 킥, 골렘 박치기.

마녀도 열심히 날뛰었다. 손톱으로 물레를 긋고 두 발로 걷어차고 양팔을 마구 휘두른다.

쾅! 콰쾅! 콰콰콰콰쾅!

둘은 그렇게 무작정 두들겨 패고 두들겨 맞기를 반복했다.

똑같이 무식하게 팔다리를 휘두르면 결국은 큰 놈이 이기기 마련, 점점 밀리는 건 마녀 쪽이었다.

홀 전체가 흔들리기 시작했다.

퍽! 퍽! 퍼버벅!

두들겨 맞을 때마다 과자의 홀이 사라지고 그 위를 고기의 벽이 덮어 간다. 거대한 환영이 벗겨지듯 주위의 모든 것이 형태를 달리한다.

흉측한 촉수와 살점으로 뒤덮인 홀을 보며 새장 속 인간들이 기겁해 날뛰었다.

"으, 으어어억!"

"이게 뭐야!"

특히나 역겨웠던 것은, 방금 전까지 알록달록한 과자였던 끔찍한 살점 덩어리와, 달콤한 주스였던 썩은 핏물이었다.

"우에엑!"

"우엑!"

어쩌면 자신도 이걸 입에 넣었을지도 모르는 일이었다.

다들 소름이 돋아 헛구역질을 했다.

반면, 이미 이 흉물들을 먹고 마신 1차 마녀 수색대는 여전히 멍한 얼굴로 새장에 주저앉아 있을 뿐.

계속해 골렘은 마녀를 부수고 또 부쉈다.

"그오오오!"

팔을 꺾고 다리를 으깨고 머리통을 박살 낸다.

마녀가 재생하는 속도가 더더욱 느려진다. 이젠 마치 유령

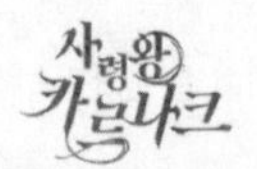

처럼 하늘거리며 전신에서 힘없이 어둠을 뿜어낼 뿐이다.
"자, 그러면 끝을 볼까."
카르나크가 손가락을 튀겼다.
갑자기 물레 골렘의 전신에서 거센 불꽃이 쏟아지기 시작했다.
화르르륵!
세라티가 의아해할 때였다.
'어라? 왜 갑자기 골렘을 불태우시지?'
그녀의 귀에 카르나크의 전언이 들렸다.
[세라티, 네가 아까 말했었지?]
[뭘요?]
[그 과자 집 나오는 동화에서 마녀가 어떻게 죽는지.]
[……네?]
순간 이해가 안 가 세라티는 카르나크를 바라보았다.
그는 의미심장한 미소를 지은 채 마녀를 턱으로 가리키고 있었다.
마녀, 그리고 불타는 물레 거인.
[아!]
세라티가 반색을 하며 움직였다. 카르나크가 무슨 의도로 한 말인지 눈치를 챈 것이다.
마녀는 불타는 골렘을 피해 계속 뒤로 빠지고 있었다.
세라티는 마녀의 등 뒤로 몰래 돌아갔다.

그렇게 슬그머니 접근한 뒤…….

"에잇!"

그냥 등짝을 발로 걷어찬다!

퍽!

투기검으로 그렇게 베어도 소용없던 마녀였다. 당연히 이런 밀어차기 따위로는 별 피해를 줄 수 없어야 정상이었다.

그런데, 어이없을 정도로 마녀가 쉽게 나자빠졌다.

"케헥!"

불타는 골렘의 품 안에 빠진 마녀가 처절한 절규를 터트렸다.

불길이 더욱 거세게 타오르며 마녀의 전신이 재가 되어 흩어져 갔다.

"끄아아아악!"

그 끔찍한 광경에 바로스와 카르나크가 혀를 내둘렀다.

[와우, 실제로 보니 꽤 살벌하네요.]

[그러게. 애들한테 들려줘도 되는 동화 맞냐, 이거?]

비명이 점점 잦아든다. 마녀의 형체 역시 점점 작아진다.

결국 골렘과 마녀 양쪽 모두 불타 사라졌다.

재가 되어 흩날리는 마녀의 마지막을 지켜보며 카르나크는 히죽 웃었다.

[이렇게 될 줄 알았지.]

엄밀히 말하면 마녀의 숨통을 끊은 것은 세라티가 아니다.

마녀가 뒤틀어 놓은 동화의 마지막 장면이었지.

[남을 엿 먹이지 못하면 내가 엿 먹는 것. 그게 사령술의 본질이거든.]

이걸로 깔끔히 상대를 해치웠다.

이제 남은 건 새장에 갇혀 입만 뻐금거리고 있는 저 친구들뿐.

"바로스, 세라티."

카르나크가 허공에 손짓을 했다.

"사람들을 구해."

모두를 구출한 뒤 카르나크 일행은 무사히 고기의 집을 탈출했다.

사실 탈출이라 할 정도로 위험한 상황은 아니었다.

홀을 제외한 다른 영역은 이미 카르나크의 영향력하에 있었다. 심지어 원래 이 공간을 지배하던 마녀까지 사라진 상황이었다.

실제로는 그냥 입구까지 터덜터덜 걷고, 다들 밖으로 나오자 지옥문 걸어 잠근 것이 전부다.

모두가 탈출하자 고기의 집은 저절로 사라져 버렸다.

"마녀가 사라져 이 장소도 더 이상 존재할 수 없게 된 모양입니다."

실은 카르나크가 직접 돌려보낸 것이지만, 설명은 저렇게 해야지.

지옥의 문이 닫히자 사방을 뒤덮었던 자욱한 안개도 도로 걷혔다. 마녀의 숲 역시 평범한 수림으로 돌아갔다.

스윈들러 성채로 돌아온 카르나크 일행은 영웅이 되었다.

"감사합니다."

"덕분에 살았습니다."

더 이상 7왕국인이라며 무시하는 이들은 없었다.

그 오만한 레오콜트마저 태도가 싹 바뀔 정도였다.

"여러분께 목숨을 구원받았소. 이 은혜는 절대 잊지 않으리다."

그는 분명 오만했지만, 구명의 은혜조차 모르는 이는 아니었던 것이다.

"혹여 제국에서 도움이 필요하면 연락을 주시오. 내가 할 수 있는 것이라면 뭐든 돕겠소."

덕분에 파사의 여단에 빚을 지워 두었다.

고작 사나흘 지체한 것치고는 기대치 않았던 큰 수확이었다.

그리고, 저들의 태도가 바뀐 것이 반드시 목숨을 구원받았기 때문만은 아니었다.

성채로 돌아오자마자 마법사 스트로노프는 동료들에게 알렸다.

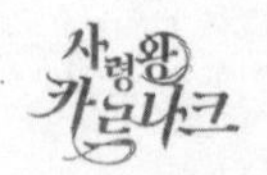

-그가 사용한 마법을 알아내야 합니다!

마법사답게, 그는 카르나크가 사용한 주문의 가치를 알고 있었다.

사령술사의 권능을 역으로 이용할 수 있는 마법이라니!

역사상 유례가 없는 일이다.

3인의 대마법사조차 저런 마법은 아직 개발하지 못했다.

뭐, 정확히는 못한 게 아니라 안 한 것이지만.

종말의 어둠이 창궐한 지 몇 년이나 됐다고?

이전에는 저런 마법 자체가 필요 없었던 것이다.

아무도 관심이 없었다가 최근에야 겨우 신경을 쓰기 시작했지.

그래서 더욱 의문이다. 대체 어디서 저런 마법을 터득한 걸까?

카르나크 본인이 개발했을 리는 없다.

고작해야 6서클의, 심지어 20대의 젊은 마법사가 개발할 수 있는 주문이 아니다.

하지만 대놓고 물어보기는 어렵다.

마법사에게 있어 지식은 곧 힘이자 권력이며 재산이다.

마법사 세계에서 마법의 비밀을 캐려 하는 행위는 타인의 재산을 도둑질하는 것과 같은 의미로 통한다.

"……이런 이유로, 카르나크 경의 마법에 대해 묻고 싶은데도 눈치만 보고 있는 모양이더군요."

알리우스의 말에 세라티는 어깨만 으쓱였다.

"쉽게 알려 주진 않겠죠, 당연히."

카르나크가 지은 죄가 어디 한둘인가? 당연히 숨길 것이라는 의미의 답변이었는데, 알리우스는 다른 뜻으로 해석한 모양이었다.

"하긴, 그분이 썩 대화를 즐기는 성격은 아니니까요."

"카르나크 님이요?"

"예. 워낙 과묵하신 분이잖습니까? 바로스 경도 그렇고."

"바로스 경이요?"

세라티는 당황했다.

카르나크와 바로스라면 그녀가 여태 만난 인간 중 제일 말 많은 축에 끼는 이들이었다.

심지어 전투 도중에도 잘난 척할 기회는 절대 놓치지 않고 떠들어 댔다.

'그런 인간들이 무슨 얼어 죽을 과묵?'

그런데, 생각해 보니 그럴 수도 있겠다 싶었다.

'잠깐, 우리 죄다 전언으로만 떠들었잖아?'

외부인이 보기엔 참으로 과묵하고 진중한 마법사이자 기사인 것이다.

'아닌데! 말 진짜 많은데, 둘 다!'

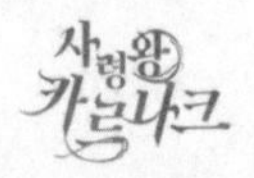

뭔가 굉장히 억울한데, 그렇다고 사실대로 말할 수도 없다.

"그렇죠……. 두 분 다 과묵하시죠…… 네……."

"……?"

하여튼, 당장 스트로노프가 마법에 대해 캐묻지는 않을 것 같았다.

사안이 제법 중대하니 일단 여단에 돌아간 뒤 정식으로 접촉할 셈인 듯했다.

돌아가는 상황을 카르나크에게 보고하며 세라티가 물었다.

"이렇게 관심을 받아도 되는 건가요, 카르나크 님? 튀지 않으려고 내내 신경을 쓰시지 않았어요?"

마법의 출처야 150년 전의 대마법사 달라스를 팔아먹는다 치고.

"누가 가르쳐 달라고 하면 어쩌려고요?"

카르나크는 태연했다.

"가르쳐 주면 되지."

"엥? 그래도 돼요?"

"말했잖아, 이건 진짜로 마법이라니까? 애초에 세상에 알리기 위해 개발한 수법이야."

물론 혼돈마법을 전부 알린다는 소리는 아니고, 사령술 간섭 술식 부분만이지만.

원래 혼돈마법은 어디까지나 마법사로 행세하기 위해 개발한 수법이었다. 그래서 결과물도 기존의 마법과 거의 차이가 없었다.

그런데 어째 세상이 이상해져서, 자꾸 사령술사들을 상대하게 되었다.

그렇다 보니 자꾸 몰래 사령술을 구사하는 일도 잦아졌다.

“자고로 꼬리가 길면 밟히는 법이지.”

밟히기 전에 꼬리를 처리하는 방법은 두 가지다.

자기 꼬리를 뎅겅 자르든가, 아니면 다른 사람들 엉덩이에도 길게 꼬리를 달아 놓든가!

“사령술 간섭 술식을 다른 마법사들도 쓰게 되면 어떻게 되겠어?”

잠시 고민한 세라티가 대답했다.

“보다 많은 마법사들이 보다 수월하게 사령술사들을 상대할 수 있겠죠.”

“그보다 더 중요한 포인트가 있지.”

카르나크는 싱글벙글 웃었다.

“나 말고 다른 마법사들도 어둠의 권능을 간접적으로나마 다룰 수 있게 된다는 거야.”

카르나크 혼자 마법과 어둠의 힘을 함께 쓰는 건 너무나 수상하다.

하지만 다른 마법사들도 같이 쓰면? 그땐 그냥 흔한 일일 뿐이지.

"언제까지고 남들 몰래 사령술을 쓰고 살 순 없잖아? 들통나기 전에 수를 써야지."

이야기를 듣던 바로스가 근심을 표했다.

"하지만…… 이 경우 도련님도 위험해지시는 것 아니에요?"

사령술의 천적인 마법을, 사령술사인 카르나크가 직접 세상에 배포하다니?

나중에 저 마법이 그의 목을 옥죄지 않으리란 법이 어디 있나?

"괜찮아. 난 더 이상 사령술사로 살아갈 생각이 없으니까."

카르나크가 손을 저었다.

"그리고 사령술을 쓸 일 있어도 난 아무 문제 없고."

어차피 이 사령술 간섭 술식은 카르나크 외엔 제대로 쓰기 힘든 마법이었다.

이 술식은 상대의 사령술을 명확히 파악하고 있어야 제대로 된 위력을 발휘한다.

시전자가 사령술사보다 더 많은 지식과 지혜를 지니고 있어야 한다는 소리다.

"그런데 나보다 지혜로운 사령술사가 세상에 존재할 리 없잖아?"

"아, 예……."

참으로 당당한 그 모습에 세라티가 깊은 감명을 받은 표정을 지었다.

기가 차 말문이 막혔다는 소리다.

반면 바로스는 여전히 걱정인 듯했다.

"도련님이 제대로 써먹는 건 뭐라 변명하시려고요? 사령술에 대해 많이 안다는 소리가 되잖아요."

"내가 워낙 천재라서 감각적으로 처리한다고 우기면 돼. 실제로 그런 천재들도 아주 없진 않을걸."

그리고 제대로 익히지 못한 이들에겐 이렇게 우긴다.

당신이 둔해서 못 익히는 걸 가지고 왜 나한테 시비요?

"대충 이런 식이지."

그제야 안심하며 바로스도 미소를 지었다.

"그 정도면 세상에 알려도 되겠네요."

그리고 묘하게 눈을 빛내며 물었다.

"공짜로 알려 주진 않으실 거죠?"

"당연하지. 세상에 공짜가 어디 있냐?"

돈 많이 받고 풀 생각이다, 그것도 아주 많이.

히죽거리며 카르나크는 어깨를 폈다.

"어쨌든 잘됐어. 원래는 그렌탈 영지에 가서 슬쩍 드러낼 생각이었는데."

이 사령술 간섭 술식은 암흑교단의 술식에서 골조를 따왔다. 즉, 암흑교단의 누군가는 알아볼 수도 있다는 소리다.

그럼 어쩌냐고?

오히려 좋다.

"그놈이 범인이란 소리니까."

알아보는 놈이 있다면, 시공을 거슬러 온 본인이거나 혹은 관련자다.

"언제까지고 보이지 않는 적을 쫓아다닐 순 없잖아?"

그래서 원래 계획은 휴델을 확보하는 과정에서 슬쩍 떡밥을 뿌리는 것이었다.

하지만 파사의 여단은 제국 전체에 영향력이 있는 조직이다. 이쪽이 좀 더 떡밥이 잘 풀리겠지.

목을 매만지며 카르나크가 중얼거렸다.

"조금 시간을 지체하긴 했지만 결과적으론 일이 꽤 잘 풀렸어."

위험에 빠진 이들을 구했고, 파사의 여단과 인맥도 쌓았고, 세인의 평가도 높였다.

이 정도면 꽤나 사람답게 산 게 아닐까?

"어때, 세라티?"

카르나크와 바로스가 채점을 기다리는 학생의 표정으로 세라티를 돌아보았다.

쓴웃음을 지으며 그녀도 고개를 끄덕였다.

"놀랍게도, 이번엔 진짜로 잘하신 것 같네요."

라피셀은 여관에 잘 있었다.

"어서 오세요, 카르나크 님!"

"그래, 라피셀. 아무 일 없었니?"

"다들 친절하게 대해 주셨어요!"

당연한 이야기였다.

아무리 세상이 어지럽다 해도, 외지에 어린 소녀 혼자 놔두는 것이 위험하다 해도, 고작 이틀도 채 지나지 않은 일이다.

그런데 정규군이 주둔하고 있는 성채 마을 안에서, 여관 주인에게 잘 좀 지켜봐 달라고 따로 웃돈 주며 부탁까지 했고, 심지어 저 아이의 보호자가 강력한 오러 유저에 상급 마법사와 고위 신관인데도 사고가 터진다?

"그쯤 되면 반드시 뒤를 캐 봐야지."

"뭔가 엄청난 음모라도 있지 않고서야 말도 안 되죠."

라피셀과 합류한 후에도 곧바로 스윈들러 성채를 떠날 수는 없었다. 아직 할 일이 남아 있었다.

붙잡힌 지 얼마 안 된 파사의 여단이나 알리우스 등은 별 문제가 없었다. 하지만 1주일 먼저 납치되었던 1차 마녀 수색대원들은 전원 정상적인 상태가 아닌 것이다.

딱히 육체적 문제는 없어 보였지만, 마녀의 과자를 오래 먹은 탓인지 정신이 반쯤 나간 데다 다들 오동통하게 살이 올랐다.

과자의 진짜 정체가 뭐였는지를 떠올리면 그냥 내버려 둘 순 없는 것이다.

그래서 하루 정도 시간을 두고 알리우스가 신성술을 펼치며 이들의 상세를 돌보는 중이었다.

원래대로라면 스윈들러 성채에 부임한 2급 심문관 펠릭스의 임무이지만, 그 펠릭스도 같이 붙잡혀서 같이 포동포동해졌거든.

침상에 누운 이들에게 차례로 신성 주문을 걸며 알리우스가 한숨을 쉬었다.

"후우, 참으로 가엽……."

말하다 말고 그는 잠시 머뭇거렸다.

다들 정신이 나간 와중에도 방긋방긋 웃고 있었다. 심지어 피부도 탱탱하고 얼굴에는 기름기가 번드르르하게 흐른다.

"……다기엔 표정은 참 행복해 보이네요?"

옆에서 지켜보던 카르나크 일행이 실소를 흘렸다.

"잘 먹이긴 했나 봐."

"만날 하는 소리가 그거였잖아요? 살찌우겠다는 거."

"세상 모든 할머니들의 멘트이긴 하죠."

어쨌든 큰 문제는 없어 보였다.

이대로 사나흘 정도 지나면 알아서 일어날 수 있을 듯했다.

그동안 알리우스는 다른 성채 주민들에게도 자잘한 치유술을 펼쳐 주었다.

원래 성직자들은 영지의 경계를 넘거나 국경을 통과할 때, 감사의 뜻으로 주위에 여신의 은총을 내리는 것이 일종의 관례였다.

괜히 국경 관문에서 카르나크 일행을 그리 쉽게 통과시켜 준 것이 아니다. 타국의 성직자가 나타나면 공짜로 치료를 받을 수 있으니 서로 좋은 일인 것이다.

뭐, 평소에 펠릭스가 돈을 밝혔다는 소린 아니고, 그냥 7 여신교의 규율이 이유 없이 공짜 치료를 하지 못하게 딱 못을 박고 있기 때문일 뿐이다.

환자들이 모두 안정을 되찾은 걸 확인하고 나서야 카르나크 일행은 성채를 떠날 수 있었다.

"아, 뭔가 바빴네요."

산세를 따라 굽이굽이 나 있는 오솔길을 따라 말을 몰며 알리우스가 혀를 찼다.

"그러고 보니, 그 마녀는 대체 정체가 뭐였을까요?"

마녀가 존재했다는 흔적은 대부분 완전히 사라졌다.

덕분에 파사의 여단에선 진상을 파악하느라 고생 중인 듯

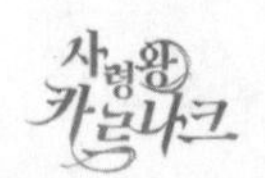

했다.

"시체조차 남기지 않았으니, 원……."

카르나크가 고개를 끄덕였다.

"그러게 말입니다. 시체조차 남기지 않았지요."

그리고 속으로 웃었다.

'거짓말은 안 했다?'

슬쩍 품에 오른손을 집어넣는다. 손끝에 네모난 물체가 살짝 닿는다.

표면에 어둠이 물결처럼 흐르는, 검은 정육각면체였다.

'분명히 시체는 안 남겼어, 시체는.'

그렌탈 백작령

산맥을 넘는 동안 계절이 바뀌었다. 하늘에서 새하얀 가루가 솔솔 떨어지고 있었다.

"와! 눈 와요, 세라티 언니!"

"이런, 빨리 산을 넘어야겠네요."

"너무 쌓이면 골치 아파지는데."

아이는 순수하게 즐거워했고 어른들은 오만상을 찌푸렸다.

다행인 건 산맥을 거의 다 넘은 후라는 점이었다.

차가워진 뺨을 붙잡고 한나절을 더 움직였다.

하얀 눈 위로 햇살이 부서진다. 바람이 스칠 때마다 눈가루가 퍼져 나간다. 버석버석한 눈이 걸음을 옮길 때마다 소리를 낸다.

마침내 저 멀리 드넓은 평원이 펼쳐졌다.

산맥을 타고 내려오는 강줄기가 칼날처럼 대지를 반으로 갈라 더 오래된 강으로 흘러들어 가고 있었다.

강 오른편의 언덕에 세워진 고풍스러운 성채, 반대편에 넓게 전개된 성하 마을과 둘을 연결하는 커다란 석조 다리도 보였다.

목적지, 그렌탈 백작령이었다.

현재 카르나크 일행의 공식적인 신분은 하토바의 1급 심문관 알리우스와 그의 협력자들이었다.

유스틸 왕국의 킹스 오더라는 사실은 감춘 채 어둠사냥꾼으로만 행세하고 있었다.

제국의 사교단 사냥은 엄연히 파사의 여단 몫이고 목표물인 휴델은 제국 귀족이다.

그런데 킹스 오더가 이를 가로챈다? 매우 심각한 국제 문제가 되는 것이다.

미리 이야기하고 협력을 구할 수도 없었다.

라케아니아 제국이 7왕국을 얼마나 무시하는지 생각해 보면 제대로 말도 꺼내지 못할 게 뻔했다.

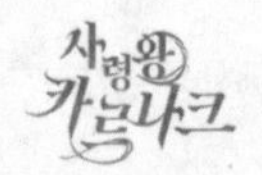

그래서, 국경을 넘을 때 내세운 카르나크 일행의 표면적인 이유는 이것이었다.

–우리가 쫓고 있던 사령술사가 제국 서부 칼라트 시티에서 흔적을 드러냈다. 하토바 교단 칼라트 교구와 협력해 놈을 체포하려 한다.

어쩐지 브렐란트 백작가에서 뱀파이어를 사냥할 때 킹스오더에서 썼던 작전과 비슷해 바로스가 근심을 표했다.

"그 수법, 영 시원찮던데요."

"어설프게 베껴 가서 그렇죠."

알리우스의 설명에 따르면 원래는 7여신교의 방식이라고 한다.

다만 킹스 오더처럼 멍청하게 용의자에게 협력을 구하지 않을 뿐이지.

하여튼 저 명분이라면 딱히 의심받을 일은 없다.

쫓기는 사령술사가 국경을 넘어 도망치는 일은 매우 흔하다. 사령술사에게 가족을 잃고 복수심에 불타는 이들이 국경을 넘어서라도 반드시 붙잡으려는 일 또한 매우 흔하다.

그리고 현재 일행에겐 사령술사에게 온 가족을 잃은 이가 있지 않은가?

"누가요?"

"누구라뇨? 사령술사에게 온 가족을 잃지 않으셨습니까, 카르나크 공?"

"아, 내 이야기구나."

"왜 남 이야기 듣는 것처럼 말씀하시는 건지……."

"전 이미 복수를 끝내지 않았습니까? 그래서 그런 식으로는 생각해 보지 않았습니다."

이런 식으로 살짝 의심스러운 대화가 오가긴 했지만, 잘 얼버무렸으니 문제없고.

그렇게 칼라트 시티로 간다고 하고 실제로는 그렌탈 백작령에 숨어드는 것이다.

이후 휴델이 사교단이라는 증거를 찾아 파사의 여단에 알리고 함께 체포한다.

이는 7여신교에 주어진 권리이기에 제국과 마찰을 일으킬 일도 없다.

체포한 휴델의 신병은 파사의 여단에 넘겨야겠지만, 그 와중에 필요한 정보를 캐내는 정도는 가능하다.

카르나크에겐 이 정도면 충분했다.

'어차피 내게 필요한 건 정보 쪽이지, 사람이 아니니까.'

그렌탈 영지에 들어선 뒤, 알리우스는 일행에게 말했다.

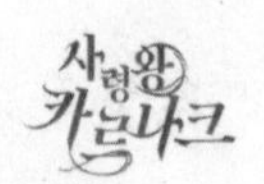

"그럼 저는 사이샤 신전에 다녀오겠습니다."

제국 서부는 바람의 여신 사이샤의 교단이 융성한 곳이라 하토바 신전이 따로 있지 않았다. 그러니 휴델에 관한 정보를 얻기 위해선 저들을 찾아야 한다.

바로스가 물었다.

"앞으로는 사이샤 교단과 함께 움직이는 건가요?"

그렌탈 백작령은 라케아니아 제국과 7왕국 연합의 주요 교역로인 만큼 상당히 융성한 영지였다. 위치한 사이샤 신전의 위세 또한 상당해, 다수의 심문관과 어둠사냥꾼을 거느리고 있었다.

저들의 협력을 받느냐는 질문이었다.

알리우스가 고개를 저었다.

"공식적으로는, 아닙니다."

표면적으로 그렌탈 영지는 사교도도 사령술사도 없는 깨끗한 곳이다. 그래서 샤이샤 교단의 심문관과 어둠사냥꾼 대다수는 영지에 머무르는 게 아니라 여기저기 파견되어 있다.

당장 카르나크 일행이 만난 2급 심문관 펠릭스도 원래는 이곳 소속이다.

"그래서 당장 신전에 주둔한 이들의 전력은 크게 기대할 수 없는 데다가……."

뺨을 긁으며 알리우스는 어색한 듯 말을 이었다.

"……부끄러운 이야기지만 하토바 교단과 사이샤 교단이

썩 친한 사이는 아니거든요."

7여신교는 위대한 규율을 지키는 일곱 여신을 섬기는 종교, 하나의 가르침을 따르는 다신교의 형태다.

각 교단이 섬기는 여신은 다르더라도 결국 하나의 종교란 소리다.

굳이 비유하자면 1명의 국왕 아래 여러 귀족 계파가 나뉘는 식이라 하겠다.

그리고, 아무리 같은 왕을 섬긴다 해도 휘하의 귀족들끼리 사이가 좋으리란 법은 없다.

아니, 보통은 사이가 나쁜 경우가 더 많지.

하토바 교단은 7왕국 연합, 사이샤 교단은 라케아니아 제국에 본산을 두고 있었다.

아무리 7여신교가 국경을 초월한다 해도 세속의 정치에서 아주 자유로울 수는 없는지라 두 교단은 꽤나 데면데면한 사이였다.

"그런 만큼 전폭적인 협력을 기대하긴 힘듭니다. 게다가 사이샤 신전을 완전히 믿을 수도 없고요."

슈트라프의 사례도 있듯, 검은 신의 교단은 고위 성직자조차도 한패로 끌어들인 전적이 있다.

그런데 그렌탈 영지는 표면적으로 매우 깨끗한 곳이다.

사교도도, 사령술사도 없다. 또한 사이샤 신전은 인근 다른 신전과 비교해 다수의 심문관과 어둠사냥꾼을 운용하고 있다.

휴델이 정말 사교도라면, 어떻게 같은 영지에 있고 능력도 충분한 사이샤 신전이 아무런 단서도 잡지 못했을까?

"신전 내에 첩자가 있을 가능성이 큽니다. 그렇지 않고서야 이렇게까지 의심을 받지 않긴 힘들죠. 물론 휴델 백작이 정말 사교도일 경우의 이야기지만요."

세라티가 고개를 갸웃거렸다.

"저희가 잘못 알았을 수도 있다는 건가요?"

"여러분을 의심하는 건 아닙니다. 의심했다면 제가 여기까지 함께 왔겠습니까?"

알리우스가 어깨를 으쓱였다.

"하지만 인간이 하는 일에 어찌 실수가 없겠습니까? 제국 귀족을 사교도로 몰아붙이려면 평소보다 훨씬 신중할 필요가 있지요."

"하긴 그렇군요."

그러니 사이샤 신전을 공식적으로 방문하진 않는다. 대신 신전 소속의 벨튼 신관을 찾는다.

그는 알리우스의 상관, 하토바 교단의 유스틸 북부 교구장 이언의 오랜 친구로, 확실하게 신뢰할 수 있는 이였다.

그를 통해 이곳 그렌탈 영지의 이런저런 정황을 파악할 생각이었다.

"평범한 순례자로 위장한 뒤 몰래 찾아가 접선할 겁니다.

우르르 가면 들통날 테니 저 혼자 다녀와야죠."

상황을 설명한 뒤 알리우스는 발걸음을 돌렸다.

"그럼 잠시 자리를 비우겠습니다. 그동안 여관을 잡고 기다려 주세요."

참고로 이 모든 대화는 라피셀을 제외한 어른들끼리만 이루어졌다. 아직 어린 아이에게 들려줄 내용이 아니니까.

저만치에서 마을 구경에 정신없던 라피셀이 순진하게 손을 흔들었다.

"잘 다녀오세요!"

교역의 중심지인 그렌탈 백작령답게, 성하 마을은 어지간한 도시 못지않게 많은 여관과 술집이 밀집해 있었다.

조만간 이곳 역시 다른 도시들처럼 영주에게 세금을 내고 자치권을 사들여 독립 도시로 탈바꿈할 분위기였다.

카르나크 일행이 자리 잡은 숙소는 수많은 여관들 중에서도 가장 무난하고 눈에 띄지 않는 곳이었다.

아무리 식도락에 환장한 카르나크라도 이런 상황에서 밥 맛있는 곳부터 찾을 정도로 바보는 아닌 것이다.

그렇다고 식도락을 포기할 생각도 없었지만.

"뭐, 밥은 따로 사 먹으면 그만이지."

"그렇죠. 잠이야 대충 침대만 있으면 되는데."

적당히 가명을 대고 방을 잡은 뒤 식사를 해결했다.

산맥을 넘어오느라 지쳤는지 라피셀은 배를 채우자마자 바로 곯아떨어졌다. 영혼이 미래의 무왕이라 해도 육체는 어린 여자아이의 몸인 것이다.

그녀를 재운 뒤 세라티는 카르나크와 바로스의 방으로 건너갔다.

방에 들어가니 두 사람은 이 지역 와인 한 병과 치즈 몇 조각을 놓고 가볍게 한잔하고 있었다.

끼어들어 와인을 음미하며 그녀가 생글생글 웃었다.

"이 지방 와인이 유명하다더니, 정말 그러네요."

"웬일로 세라티가 먹는 걸 다 밝힌대?"

"술은 좋아하거든요."

"그러고 보니 술은 좋아한댔지? 단건 싫어해도."

남은 술을 비운 뒤 세라티가 물었다.

"그나저나 왜 부르셨어요?"

슬쩍 옆방 벽을 보며 카르나크가 반문했다.

"라피셀은 확실히 자나?"

"네."

"그래도 혹시 모르니 조심은 해야지."

허공에 가볍게 손짓을 한다.

희미한 빛의 문양이 그려지며 마법진으로 변한 뒤, 허공에 녹아들며 사방으로 퍼진다.

음파 차단 결계를 건 것이었다.

"좋아, 이걸로 우리 셋만 남았군."

카르나크는 품속에서 뭔가를 꺼냈다.

"알리우스가 자리를 비운 틈에 확인할 게 있거든."

그의 손에 들린 물체를 검은 정육면체를 보며 바로스가 의아해했다.

"뭡니까, 그거?"

"뭐 같냐?"

"에, 검은 주사위?"

그렇다기엔 각 면에 눈금이 하나도 없다. 저런 걸로는 도박도 못 한다.

"만들다 만 주사위인가요?"

세라티가 고개를 갸우뚱거렸다.

카르나크가 정육면체를 살살 흔들며 질문을 이었다.

"뭔가 느껴지는 건 없고?"

"혹시 사령술 관련 물품이에요?"

카르나크의 안색이 살짝 굳었다.

"……왜 그렇게 생각하는데?"

"까매서요."

별거 아니란 듯 그녀는 말을 이었다.

"카르나크 님이 까만 거 가지고 다니면 보통은 그쪽 계열

이더라고요."

"뭔가 느껴져서 하는 말은 아니고?"

"네."

그제야 카르나크가 안도의 한숨을 쉬었다.

"어휴, 잠깐 놀랐잖아."

"뭐가요?"

"뭔가 느낀 거라면, 나도 감지하지 못한 걸 세라티는 감지했다는 소리가 되거든."

정육면체를 손바닥 위에 올려놓은 뒤 카르나크는 진지한 어조로 말했다.

"과자의 마녀가 남긴 거다."

바로스와 세라티가 눈을 동그랗게 떴다.

"어라?"

"마녀는 완전히 사라진 것 아니었어요?"

확실하게 보았다, 마녀가 완전히 불타 사라지는 것을.

두 사람만 본 게 아니라 새장 속에 갇혀 있던 이들도 전부 확인했다.

그런데 그 수많은 사람들이 지켜보는 와중에 이런 걸 몰래 빼돌렸다고?

세라티와 바로스가 감탄을 흘렸다.

"세상에, 이건 언제 챙기셨대? 손버릇 진짜 안 좋으시네요."

"역시 우리 도련님, 남몰래 딴짓하는 건 따라갈 사람이 없구만요."

"잔소리하라고 보여 준 거 아니거든?"

어쨌든, 마녀가 남겼다면 필경 예사롭지 않은 물건이리라.

두 오러 유저는 정신을 집중해 기감을 펼쳤다. 그리고 더 의아해했다.

"이게 마녀의 물건이었다고요?"

사기나 탁기 등, 사령술 관련해 응당 풍겨야 할 그런 느낌이 전혀 없었다.

바로스는 미심쩍은 표정을 지었다.

"세라티 경이야 수준이 낮아서 그렇다 치고, 전 어둠의 기운에 익숙한데도 아무것도 감지가 안 되는데요?"

"……수준 낮아서 죄송하네요."

"아니, 그런 의미로 한 말은 아니고요……."

쩔쩔매는 바로스를 보며 피식 웃은 뒤 카르나크는 말을 이었다.

"그래서 말했잖아, 나도 못 느끼는 걸 세라티가 느끼면 그것도 문제라고."

이건 단순히 마녀가 남긴 물건 같은 게 아니었다.

"엄밀히 말하면 시체 그 자체야. 동시에 시체가 아니기도 하지만."

두 사람이 더더욱 이해가 안 간다는 표정을 지었다.

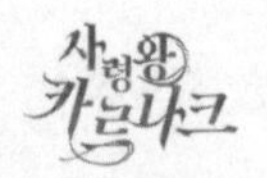

카르나크가 검은 정육면체를 손가락 사이로 굴리기 시작했다.

"애초에 사람도 아니었으니까, 그거."

과자의 마녀는 여러모로 기존의 사령술사에 비해 이질적이었다.

어떻게 그렇게까지 흔적이 옅었을까? 어떻게 사기며 탁기를 그토록 안 남길 수 있을까?

"그리고, 그런 주제에 어떻게 그렇게까지 강했을까?"

카르나크는 검은 정육면체를 들어 보였다.

"이게 그 해답이지."

세라티는 마녀가 라피셀과 비슷한 경우라고 생각했다. 미래의 강자가 영혼만 돌아와 노파의 몸속에 들어간 것이 아니냐고.

"전투 방식을 보면 이건 앞뒤가 안 맞아."

라피셀의 경우엔 본인이 워낙 지닌 힘을 잘 다루었기에 그런 위용을 보일 수 있었다.

최소한의 힘을 최대한 극대화할 정도의 달인이었기 때문에.

과자의 마녀는 그런 식이 아니었다.

"사령술 자체는 간단해. 사령력으로 신체 능력을 증폭시키는 것이 전부인 단순한 수법이지."

단지, 그 사령력의 총량이 무지막지하게 많을 뿐이다.

"지금의 나와 비교하면…… 거의 1천 배쯤?"

바로스와 세라티가 기겁해 되물었다.

"천 배요?"

"그런데 우리가 어떻게 이긴 거예요?"

별거 아니란 듯 카르나크가 답했다.

"나보다 만 배쯤 사령력 운용을 못했으니까."

라피셀과는 정반대의 케이스였다.

정말 어마어마하게 거대한 어둠의 권능을, 정말 어마어마하게 압축해 마구잡이로 휘둘렀을 뿐인 것이다.

"이게 사기나 탁기가 거의 남지 않은 이유다."

사령력이 극도로 압축되어 있으니 외부로 새어 나가는 힘도 거의 없다. 대신 사령술을 펼칠 수도 없다.

저 괴상한 육탄전밖에 선택지가 없었던 셈이다.

"하지만 압축된 어둠의 총량이 워낙 높다 보니 다른 사람들은 그냥 밀려 버린 것이고."

"저기, 사령력을 그렇게까지 압축할 수가 있어요?"

문득 바로스가 손을 들었다.

"예전에 도련님이 그건 불가능하다고 한 것 같은데요."

"맞아. 사령술사에겐 불가능하고, 가능하다 해도 별 쓸모가 없는 짓이지."

원래 사령술은 능력을 집중시키기 어렵다.

"모험담 같은 데서 마왕이 힘쓰면 막 지진 나고 폭풍 치고 번개 떨어지지? 얼마나 집중이 안 되면 그렇게 힘이 사방으로 풀풀 새어 나가겠냐?"

마법은 집중, 사령술은 분산이 중시된다.

방대한 기운을 한 점에 모아 단숨에 변화를 낳는 권능이 바로 마법이다.

그래서 마법은 집중하는 이미지가 중요하다.

반면 사령술은 널리 퍼뜨려 은밀히 스며들며 잠식하는 권능이다. 집중보다는 축적과 분산이 중요한 것이다.

"그런데 이건 신기하게 사령력을 초고도로 압축해 놓았단 말이지. 대체 어떻게 하는 건지 모르겠네."

"도련님도 못 하세요?"

"응."

"그럼 또 사교도 짓인가 보네요. 오러거나 마법이거나 신성력이거나."

"그럴 가능성이 높긴 한데, 딱히 감지되는 것이 없어서."

오러도 마법도 신성력도 느껴지지 않는다.

아니, 심지어는 사령력조차도 느껴지지 않지.

마녀가 남긴 것이란 걸 몰랐다면 그냥 평범한 주사위인 줄 알았을 것이다.

카르나크와 바로스의 대화를 지켜보던 세라티가 조심스레 물었다.

"그러니까, 마녀 몸속에 그 주사위가 들어 있었단 소리는 맞죠?"

"응? 아냐."

카르나크가 고개를 저었다.

"이게 마녀야."

"네?"

"말했잖아, 애초에 사람이 아니었다고."

사람들은 평범한 노파가 종말의 어둠을 흡수해 과자의 마녀가 되었다고 여겼다. 요새 일어나는 일들은 죄다 저런 식이었으니까.

하지만 인간의 몸속에 어둠이 담긴 식이었다면 아무리 사령력이 높아도 그렇게나 신체 능력이 높아질 순 없다. 인간의 육체가 감당이 되질 않으니까.

"마녀의 정체는 극도로 압축한 종말의 어둠 그 자체다."

사령술사가 아니라, 사령술의 결과물이란 소리였다.

카르나크의 악령들처럼 정해진 명령에 따라 움직이는 어둠의 집합체인 것이다.

이는 꽤나 확신할 수 있는 부분이었다.

"과자의 집을 보면 알거든."

마녀의 사령력은 극도로 압축되어 있어 외부로 힘이 퍼지지 않았다.

그럼 과자의 집, 저 지옥에 펼쳐진 동화의 이미지는 어떻게 만든 걸까?

정답은 '마녀가 만든 게 아니다.'라는 것.

마녀 역시 동화의 일부인 것이다.

그렇기에 그렇게나 비현실적인 마귀할멈의 외모를 하고 있었던 것이고, 대사도 그 모양 그 꼴이었다.

"아마도 아이들이 공유하는 집단 무의식을 종말의 어둠에 투영한 것 같아. 저런 식의 사령술도 있거든. 내가 좋아하는 방식은 아니지만."

마녀가 동화 속 이미지를 펼쳐 놓은 게 아니다.

누군가가, 마녀를 중심으로 동화 속 이미지를 펼쳐 놓았다.

그리고 이게 의미하는 바는…….

"이 정육면체 안에, 이런 짓을 저지른 놈의 정보가 담겨 있단 의미지."

세라티는 조용히 고개를 끄덕였다.

상황은 대충 들어 알 것 같았다.

"그런데 저희는 왜 부르신 거예요?"

갑자기 카르나크가 한숨을 쉬며 정육면체를 내밀었다.

"여기서 정보를 빼내고 싶어서 그래."

정보뿐만이 아니다. 워낙 엄청난 양의 사령력이 담겨 있으니 이 역시 녹여서 흡수하면 큰 힘이 되리라.

"그러려면 이걸 천천히 해체해서 흡수해야겠지?"

그런데 이 검은 정육면체는 정말 엄청나게 압축한 사령력 덩어리다.

얼마나 압축이 됐으면, 사기나 탁기가 외부로 전혀 새어 나오지 않을 정도로.

카르나크는 하소연하듯 말을 이었다.

"너무 단단해. 아무리 녹이려 해도 전혀 반응을 안 할 정도로."

다이아몬드를 손톱으로 열심히 긁고 있는 형국이라 하겠다. 티끌도 안 나오는 게 당연하지.

"그나마 혼돈마력으로는 미세하게라도 긁히더라고. 정보를 빼낼 정도는 아니었지만."

아무래도 같은 사령력보다는 결이 다른 기운이 조금 더 잘 통하는 듯했다. 그래서 오러로 한번 긁어 보라는 것이었다.

"아, 그렇군요."

바로스가 정육면체를 받아 들더니 오른손을 붉은 오러로 감쌌다. 그리고 오러를 흘리며 이런저런 시도를 했다.

그 모습을 지켜보던 세라티가 물었다.

"바로스 경이 있는데 저는 왜 굳이?"

"바로스는 이제 내 권속이 아니니까. 권속의 영혼을 통해

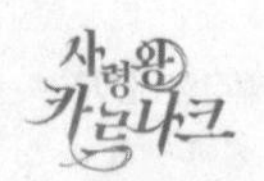

간접적으로 제어할 수 있을까 싶어서."

카르나크 역시 그녀의 영혼을 통해 재차 정육면체에 사령력을 흘려 보았다.

하지만 결과는 신통치 않았다.

"에잉, 역시 안 되네."

"저도요, 도련님."

"다른 방법을 찾아야 하나?"

"애당초 그 마녀 만든 놈은 이걸 어떻게 사용한 겁니까? 도련님조차 못 쓰는데."

"그게 궁금해서 지금 이러고 있는 것 아니냐?"

혀를 차며 카르나크는 정육면체를 도로 품에 넣었다.

"일단 안전하게 보관해 둬야지."

얼핏 옷 속에 넣는 것 같지만 그렇지 않았다.

옷자락 사이로 작은 공간의 틈이 생겨, 그 속에 정육면체를 보관하는 것이다.

그걸 본 세라티가 질문했다.

"어머? 뭔가요, 그거?"

"응? 허수공간인데."

"혹시 마법사의 아공간 주머니 같은 거예요?"

"비슷해. 사령술사의 아공간 주머니 같은 거지."

"맙소사! 그거 9서클 마법 아니었어요?"

경악으로 그녀는 눈을 크게 떴다.

아공간 주머니는 대략 소 한 마리 정도 부피의 여러 물품을 보관할 수 있는 마법의 공간이다.

아공간에 들어간 물건은 시간도 흐르지 않고 무게도 함께 사라지니 여러모로 엄청나게 유용한 마법이다.

씁쓸한 미소를 지으며 카르나크가 대꾸했다.

"허수공간이 난이도는 훨씬 낮아. 수용 용량도 월등히 높고."

9서클 궁극 주문인 아공간 주머니에 비해 허수공간은 그렇게까지 높은 수준의 사령술을 필요로 하지 않는다.

마법과 비교하면 대충 6서클 정도?

그럼에도 아공간 주머니보다 수십 배나 많은 물건을 넣을 수 있다.

억울한 듯 세라티가 언성을 높였다.

"그런 좋은 마법이 있는데 왜 저보고 짐 들고 다니라고 한 거예요?"

말하다 보니 좀 이상하다.

'잠깐, 이 작자들도 짐 들고 다니긴 마찬가지였잖아?'

게다가 평소답지 않게 카르나크가 잘난 척을 하지도 않았다.

"그게, 허수공간엔 심각한 단점이 있거든."

두 사람이 한숨을 쉬었다.

"여기 음식 집어넣으면 죄다 썩어요."

"음식이 아니더라도 마찬가지야. 옷 같은 건 죄다 사기랑 탁기에 물들지."

"생물체를 넣으면 시체가 돼서 나오고요."

"덕분에 사령술 관련 촉매나 시약 같은 것만 넣고 다녔지."

"그래서 예전 도련님이 주로 보관했던 건 시체들이었죠? 해골 무더기도 좀 넣어 뒀고."

"지금은 예전처럼 살지 않으려고 일부러 안 챙겼지만 말이지."

일반적인 물품은 거의 넣을 수 있는 게 없단 소리다.

실망하며 세라티가 말했다.

"의외로 쓸모가 없네요."

"그러게 말이야. 사령술사 시절엔 꽤나 쓸모 있었는데."

허수공간을 닫은 뒤 카르나크가 도로 와인 잔을 들었다.

"그럼 알리우스가 돌아올 때까지 술이나 마저 마시자."

이것도 허수공간에 못 넣긴 마찬가지다.

"들고 다니면 다 짐이니까, 지금 마셔 버려야지."

밤이 깊어서야 알리우스는 여관으로 돌아왔다.

"벨튼 신관님을 통해 이곳의 상황을 대략 들었습니다."

일단, 목표물인 휴델 백작은 현재 영지를 비운 상태였다.

카르나크와 바로스가 인상을 찌푸렸다.

"영지를 비웠다고요?"

"지금은 이곳에 머무르는 시기라 하지 않았습니까?"

대부분의 귀족들이 그렇듯, 휴델도 제도 테아 크라한과 자신의 영지를 오가며 지낸다.

다만 다른 귀족들과는 다른 부분이 있었다. 그는 오가는 횟수가 너무 잦았다.

보통 귀족들은 1년 중 봄과 여름은 제도에서 지내고, 가을 추수 기간에 영지로 돌아와 새해를 맞은 뒤 봄이 되면 다시 테아 크라한으로 향하는 경우가 대부분이었다.

반면 휴델은 거의 두 달 간격으로 제도를 들락거렸다.

워낙 간격이 짧기에 카르나크 일행도 일부러 그가 영지로 돌아올 때에 맞춰 여정을 잡았다.

"그런데 영지를 비웠다면 일정이 꼬이겠군요?"

"그 정도는 아닙니다. 그냥 보름 정도 늦어질 뿐이라는 듯 하더군요."

"그나마 다행이네요."

어쨌든, 공식적으로 휴델 그렌탈 백작에게 사교도의 혐의는 없다.

"하지만 벨튼 신관님은 진작부터 의심을 하고 있었던 것 같더군요."

분명 그렌탈 영지는 깨끗하다.

사령술사에게 부모와 가족을 잃은 휴델은 영지를 철저히 다스렸고, 그래서 어떤 사특한 자들도 그렌탈 백작령에는 감히 발을 붙이지 못했다.

"이거야 뭐, 별로 이상하지 않습니다. 휴델 백작이 유능하다는 증거일 뿐이니까요."

그런데 주변의 랄케이드 남작령과 칼라트 시티, 아올린 영지는 제국의 다른 지역보다 더 많은 사교도가 기승을 부리고 있는 것이다.

놈들이 워낙 신출귀몰한 것이 문제였다.

어쩌다 색출해 내도 항상 꼬리를 자르고 몸통은 어디론가 숨어 버린다. 그런데 도대체 어디에 숨는 것인지 알 수가 없었다.

"벨튼 신관님은 그 장소가 그렌탈 영지일 가능성이 높다고 여기고 있습니다."

랄케이드 남작령은 그렌탈 동쪽, 아올린 영지는 남쪽에 인접해 있고 칼라트 시티는 세 영지의 중심에 위치해 있다.

그렌탈 백작령은 정체를 들킨 사교도들이 도망치기에 매우 좋은 지리적인 조건을 지니고 있단 소리다.

주변이 몽땅 피바다인데 혼자만 평화로우면 뭐다?

"그놈이 범인이죠."

다만 아무리 증거를 찾으려 해도 자연스럽게 사라지거나

해서 당장 어쩌진 못하는 모양이었다.

"벨튼 신관님뿐 아니라 다른 신관들도, 사이샤 신전에 휴델 백작의 끄나풀이 숨어 있다는 의심 정도는 이미 하고 있었다더군요."

정보를 얻었으니 이젠 교차 확인을 할 차례다.

알리우스가 말했다.

"내일부터는 마을을 돌아다니며 탐문 수색을 할 겁니다. 이곳에 사교도가 있다면 어떻게든 흔적을 남겼을 테니까요. 거기서부터 시작해야죠."

다음 날, 카르나크 일행은 성하 마을 여기저기를 돌아다녔다.

평범한 행인인 척 사람들의 대화를 훔쳐 듣거나, 물건을 사는 척하며 동네 분위기 등을 묻는다. 그 와중에 혹여 어둠의 흔적이 없는지도 확인했다.

이번에도 라피셀은 얌전히 여관에서 기다리고 있었다.

입김이 새하얗게 새어 나오는 차가운 겨울날.

"에잇!"

잿빛 머리 소녀가 여관 뒷마당에서 목검을 휘두른다.

—강해지고 싶다면 매일 꾸준히, 성실하게 훈련을 해야 하는 법이야.

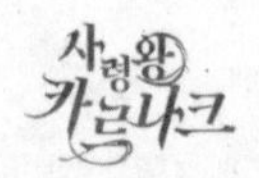

—네, 세라티 언니!

기본적인 횡 베기와 종 베기, 사선 베기뿐이었지만 자세가 매우 깔끔하고 절도가 있다.

지나가던 상인 몇몇이 나이에 비해 상당히 기본이 잘되어 있다며 감탄하기도 했다.

"호오, 어린 아가씨가 제법인데?"

"크면 꽤 강한 검사가 되겠어."

실은 상인들의 안목이 떨어져 못 알아봤을 뿐이지, 지금도 어지간한 성인 전사 정도는 누를 수 있는 수준이었다.

잘 먹고 잘 자고 열심히 움직이면 어지간한 약골이 아닌 이상은 누구나 건강해지는 법이다. 심지어 타고난 천재인 그녀는 오죽할까?

처음 만났을 때의 깡마른 모습은 더 이상 온데간데없다.

제법 살이 올라 귀여운 인상이면서도 전신이 날렵하고 탄탄하다.

세라티가 성숙한 암사자라면 그녀는 한창 자라나는 새끼 표범이란 느낌이었다.

"헙! 에잇! 타앗!"

그렇게 열심히 검술을 수련하던 중이었다.

문득 라피셀이 뺨을 부풀렸다.

"치잇……."

성실한 것도 좋고 강해지는 것도 좋지만, 역시 슬슬 불만이 생긴다.

치기 어린 아이라면 누구나 떠올리는 흔하디흔한 불만이었다.

'왜 카르나크 님은 나만 따돌리시는 거지? 나도 도움이 될 수 있는데!'

그날 저녁, 카르나크는 바로스, 세라티와 함께 오늘 탐문한 내용을 공유하고 있었다.

알리우스는 추가 정보를 얻기 위해 또다시 벨튼 신관을 찾아갔기에, 현재 방 안에는 세 사람뿐이었다.

한창 이야기 중에 누군가 방문을 두드렸다.

똑똑똑.

재빨리 음파 차단 결계를 거둔 뒤 카르나크가 물었다.

"누구십니까?"

귀여운 대답이 돌아왔다.

"라피셀인데요."

셋은 서로를 보며 의아해했다.

[라피셀이 웬일이지?]

[글쎄요.]

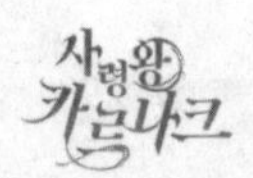

[찾아왔으니 일단 들여보내긴 해야죠.]

방에 들어선 라피셀이 눈치를 보더니 조심스레 입을 열었다.

"……저기요, 카르나크 님."

"왜 그러니?"

"사교도 탐문 수색할 때 저도 데려가 주시면 안 돼요?"

세라티가 흠칫 놀라 물었다.

"네가 그걸 어떻게 아니?"

카르나크 일행은 자신들이 그렌탈 영지에서 뭘 하는지 라피셀에게 말한 적이 없었다. 그냥 어른들이 중요한 임무를 맡았으니까 착하게 기다리라고만 했다.

"얼마 전 알리우스 신관님과 그런 이야기를 나누는 걸 들었거든요."

"들릴 거리가 아니었는데?"

"네."

계속 눈치를 보며 라피셀이 대답했다.

"그래서 귀에 힘줘서 들었어요."

"뭐?"

순간 세라티는 멍한 표정을 지었다.

귀에 힘준다고 왜 소리가 더 잘 들려?

"아니에요?"

도리어 라피셀이 의아해했다.

“팔에 힘주면 팔이 더 세지고 다리에 힘주면 다리가 더 세지잖아요.”

매우 당연하다는 듯 순진한 표정으로 말을 잇는다.

“그러니까, 눈에 힘주면 눈이 더 좋아지고 귀에 힘주면 귀가 더 좋아지는 거 아닌가요?”

그제야 바로스와 세라티는 라피셀이 무슨 소릴 하고 있는지 깨달았다.

[틀린 말은 아니군요.]

[그러게요…….]

오러 유저는 오러로 신체 전반적인 능력을 강화할 수 있다.

근력이나 지구력, 반사 신경뿐만이 아니다. 시력이나 청력, 후각도 오러를 세밀하게 운용하면 어느 정도 끌어 올릴 수 있다.

멀리 갈 것도 없이 세라티 본인도 할 수 있는 짓이다.

‘생각해 보니 라피셀이 알리우스 씨 떠날 때 잘 다녀오세요라고 했었지?’

알리우스의 용건이 뭔지 모르면 할 수 없는 인사말이다.

당시의 라피셀은 청력을 강화해서 먼 거리의 대화를 들은 것이다.

그리고 이 말은 곧…….

[라피셀이 오러를 쓰고 있다고요?]

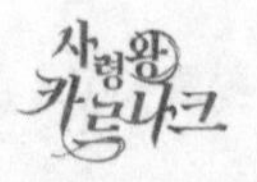

아무리 영혼이 미래의 무왕이라도 그렇지, 오러가 없는데 어떻게 오러를 쓴단 말인가?

[말도 안 되는 이야기 같은데요.]

그런데 바로스가 쓴웃음을 지었다.

[생각해 보니 의외로 말이 되네요.]

다들 착각하고 있었다, 라피셀이라면 조금만 수행해도 금방 각성할 것이라고.

아니었다.

[얘, 이미 각성은 했구만요.]

단지 쌓아 놓은 오러가 없어서 여태 티가 안 난 것이다.

[하지만 오러가 생명기인 이상, 살아 있는 존재라면 누구나 미세한 오러는 지니고 있을 수밖에 없죠.]

오러는 쌓이고 또 쌓이다가 결국 폭발하듯 터져 나오면서 제어 가능하게 된다. 이것이 오러 유저가 말하는 각성이다.

또한 오랜 시간 오러 제어에 숙달되면 아주 미세한 생명기까지 운용이 가능해지는데, 이게 바로 달인의 영역이다.

라피셀의 영혼은 몇십 년 전에 완성된 무인.

이미 감각적으로는 달인의 영역에 들어서고도 남은 것이다.

그저 육체가 단련되지 않아 끌어낼 오러가 너무 적고, 기억을 잃은 탓에 무의식중에만 다룰 수 있을 뿐.

[저야 암흑투기 계열밖에 다룰 줄 몰라서 이제 겨우 저만의

오러 운용법을 깨달았지만, 라피셀은 상황이 다르니까요.]

[이래서 카르나크 님이 라피셀 몰래 이야기할 때는 칼같이 음파 차단 결계를 건 거였군요.]

새삼 눈앞의 소녀가 얼마나 괴물인지 실감이 드는 세라티였다.

모두의 표정이 심상치 않자 라피셀이 겁을 먹었다.

"혹시 제가 잘못한 건가요?"

"아니야, 잘했어. 하지만 남들 앞에선 함부로 이야기하지 말렴."

"왜요?"

세라티는 잠시 고민에 잠겼다.

여러모로 상식을 초월하는 존재이니만큼 세인들의 시선을 끄는 것은 위험하다.

하지만 이걸 어떻게 둘러대야 자연스럽게 받아들일까?

"가문의 비전 검술 이야기는 들어 봤지, 라피셀?"

"네."

"비슷한 거란다. 무인의 기술은 함부로 남에게 알리면 안 돼."

"아, 그렇구나!"

이는 세간에 널리 알려진 상식인 만큼 라피셀도 바로 납득할 수 있었다.

지켜보던 카르나크가 감탄을 흘렸다.

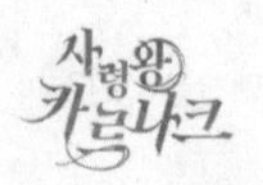

[오! 세라티도 거짓말이 많이 늘었는데?]

[이런 거 늘고 싶지 않았거든요!]

눈을 흘기며 그녀가 물었다.

[그런데, 이제 어쩌실 거예요?]

잠시 고민하던 카르나크가 눈을 빛냈다.

[데리고 다니는 것도 괜찮겠는데?]

미래의 라피셀은 사령왕에 맞서 싸우는 인류의 영웅이었다. 세상 그 누구보다도 '사령술'과 자주 맞서 보았다는 소리다.

물론 지금은 당시 능력의 극히 편린밖에 지니고 있지 않겠지만…….

[그 정도만으로도 어지간한 성직자나 사령술사보다는 얘 감각이 더 정확할 거야.]

카르나크가 고개를 끄덕였다.

"라피셀, 내일부터 너도 따라와."

기쁜 듯 라피셀이 미소를 지었다.

"네, 카르나크 님!"

둘째 날부턴 라피셀도 함께 마을 탐문을 나섰다.

여러 사람들이 우르르 몰려다니면 아무래도 시선을 끈다.

그래서 오늘은 알리우스와 바로스가 한 팀, 카르나크와 세라티, 라피셀이 한 팀이었다.

아쉽게도 라피셀이 있다고 해서 어제 못 찾은 사기나 탁기를 발견하거나 하는 일은 없었다.

세상일이 그렇게나 편의적으로 돌아갈 리가 없지 않나?

그런데, 의외로 생각지도 않았던 부분에서 큰 도움이 되었다.

"귀여운 아가씨구먼. 동생인가?"

어린아이를 대동하고 있으면 상인들의 경계심이 확 낮아지는 것이다.

이런저런 세상사를 물어도 다들 별 의심을 하지 않았다.

덕분에 꽤나 다양한 이야기를 들을 수 있었다.

그 와중에 7왕국에선 접하기 힘든 신기한 물건들을 보기도 했다.

"어머!"

잡화점에 들어가 물건을 고르는 척하며 탐문을 진행하던 중이었다. 세라티가 검 하나를 들어 보며 눈을 빛냈다.

"이거 진짜 드워븐 소드예요?"

잡화점 주인이 자랑스러운 듯 말을 이었다.

"엘프제 옷감으로 만든 의복도 있습니다요. 전부 동쪽에서 구해 온 귀한 물건이죠."

카르나크가 고개를 슬쩍 내밀었다.

"뭐야? 그게 그렇게 신기해?"

"당연하죠! 엘프제 옷감에 드워프제 장검이라니……."

그녀도 엘프와 드워프라는 요정족이 대륙 극동부에 살고 있다는 사실은 알고 있었다.

하지만 한 번도 본 적은 없다.

중간에 라케아니아 제국이라는 거대한 세력이 가로막고 있어 7왕국 연합까지 오는 일이 극히 드문 탓이다.

그나마 간혹 요정족이 만든 옷이나 보석, 검 등은 바라칸트 산맥을 건너는 경우가 있는데, 이 역시 워낙 귀해 고위 귀족들만의 사치품이었다.

세라티는 유스틸 왕국의 지방 도시인 데라트 시티 출신이다. 요정족은 고사하고 요정족이 만든 물건조차 처음 보는 것이다.

"하, 하나 살까……."

카르나크가 옆에서 말렸다.

[관둬.]

[왜요?]

[가짜니까.]

[그걸 어떻게 알아요?]

[보면 알지. 그리고 진짜 드워븐 소드라면 제일 싸구려라도 이거보다 10배는 비싸야 해.]

왕년 전 대륙을 싸돌아다니고, 심지어 정복까지 했던 양반의 말이었다. 매우 신뢰도가 높단 소리다.

"쳇……."

아쉬워하며 세라티가 장검을 도로 놓았다.

옆에 놓인 모험가용 여행복이며 망토 등을 본 카르나크가 무심코 중얼거렸다.

"이건 그래도 속옷은 엘프제 맞네."

"아, 이건 진짜예요?"

"달무리비단을 다룰 수 있는 종족은 엘프뿐이거든."

달무리비단으로 만든 속옷은 어지간한 갑옷 수준의 미친 가격을 자랑하고 있었다.

하지만 세라티도 이젠 주머니가 제법 넉넉한 편이다. 카르나크가 주는 봉급에 킹스 오더의 수입까지 있으니까.

"사야지!"

반색을 하며 그녀가 옷 코너로 향했다.

옆에서 지켜보던 카르나크가 심드렁하게 물었다.

"고작 속옷을 그 돈 주고 살 필요가 있어? 옷 안에 입는 건데."

"하여튼 사내들이란……."

세라티는 혀를 찼다.

하지만 굳이 설득하려 들진 않았다. 어차피 이해 못 할 게 뻔하다.

"우리 라피셀 것도 필요하다고요."

라피셀 역시 소녀다운 눈빛을 반짝반짝 빛내고 있다.

“감사합니다, 세라티 언니!”

두 여성이 눈에 불을 켠 채 속옷을 고르기 시작했다.

그 모습을 본 카르나크가 이제야 이해가 간다는 표정을 지었다.

[역시 세라티는 사람답게 살 줄 아는구나. 지금 열심히 호의를 베풀어 놓아야, 나중에 기억 돌아와도 우리를 조질 확률이 적어진다 이거지?]

[……아니거든요!]

그날 저녁, 탐문한 정보를 공유하며 알리우스는 한숨을 내쉬었다.

“계속 확인은 해 봐야겠지만, 아직까진 딱히 이상한 점을 찾을 수가 없군요.”

휴델이 영주가 된 이후 그렌탈 영지는 내내 평온했다.

사교도나 사령술사가 나타난 적도 없고, 알 수 없는 행방불명자가 나타나지도 않았고, 갑자기 정체 모를 죽음을 당한 이도 없었으며, 심지어 돌림병이 돌거나 마물들이 쳐들어오거나 하는 일조차 없었다.

피도 죽음도 없는 평범한 영지일 뿐이었다.

주변 영지와 달리 혼자만 평온하다는 부분이 수상하긴 하지만, 이건 사실 휴델이 영주로서 유능하다는 증거도 되는 것이다.

"하긴, 미심쩍은 부분이 있다면 벨튼 신관님도 언급을 해 주었겠지요."

알리우스의 설명에 카르나크가 고개를 끄덕였다.

"저희도 마찬가지입니다."

라피셀을 대동한 덕분에 상인들이나 영민들에게 좀 더 자세한 이야기를 들을 수 있었다.

하지만 내용은 알리우스와 대동소이했다.

다들 영지를 평화롭게 다스리는 휴델 백작님에게 감사를 표할 뿐이었다.

"덕분에 수상한 점을 찾았습니다."

알리우스와 똑같은 정보를 얻었지만, 카르나크가 내린 결론은 달랐다.

"이 영지는 지나치게 평화로워요."

다음 권으로 이어집니다

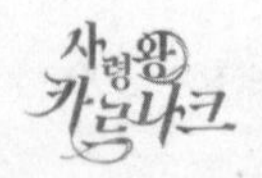